HEYNE <

Zum Buch

»Du warst zu verlockend«, gestand er ihr die Wahrheit. Ihm blieb keine Wahl. Anderenfalls hätte er sie für diesen Abend aufgeben müssen – und das wollte er nicht. Sie akzeptierte seine Antwort, und die Spannung löste sich. Als sie sich wieder gegen ihn sinken ließ, stieß er den lang gezogenen Atem aus, nicht willens, die Sache zu sehr zu hinterfragen. Er strich über ihr langes Haar und atmete ihren Geruch ein, eine Mischung aus Pfirsich und Erregung. Ein heftiges Verlangen durchfuhr ihn. Sie kitzelte Gefühle in ihm wach, die er vor Jahren begraben hatte. Es war Zeit, die Bedingungen festzulegen.

»Ich lasse mich nicht auf Beziehungen ein.«

»Ich mich auch nicht.«

Eine Schande, dachte er sofort. Diese Frau verdiente einen Mann, der sie umsorgte. Er wollte für sie sorgen. Augenblicklich schob er diesen gefährlichen Wunsch beiseite.

»Tja, dann haben wir anscheinend etwas gemeinsam und können weitermachen. Willst du das?«, fragte er.

Sie nickte langsam. »Sehr gerne, Decklan. Ich will dich.«

Zur Autorin

Carly Phillips hat sich mit ihren romantischen und leidenschaftlichen Geschichten in die Herzen ihrer Leserinnen geschrieben. Sie veröffentlichte bereits über zwanzig Romane und ist inzwischen eine der bekanntesten amerikanischen Schriftstellerinnen. Mit zahlreichen Preisnominierungen ist sie nicht mehr wegzudenken aus den Bestsellerlisten. Ihre Karriere als Anwältin gab sie auf, um sich ganz dem Schreiben zu widmen. Sie lebt mit ihrem Mann und den zwei Töchtern im Staat New York.

CARLY
PHILLIPS

dare to
LOVE

KEINE VERPFLICHTUNGEN,
NUR LIEBE

Aus dem Amerikanischen
von Karla Lowen

WILHELM HEYNE VERLAG
MÜNCHEN

Die Originalausgabe erschien 2014 unter dem Titel
Dare To Submit bei CP Publishing.

FSC
www.fsc.org
MIX
Papier aus verantwortungsvollen Quellen
FSC® C014496

Verlagsgruppe Random House FSC® N001967.

Taschenbucherstausgabe 07/2016

Printed in Germany
Redaktion: Anita Hirtreiter
Umschlaggestaltung: ZERO Werbeagentur München
unter Verwendung von Gettyimages/DigitalVision/
PeopleImages.com; FinePic®, München
Satz: Greiner & Reichel, Köln
Druck und Bindung: GGP Media GmbH, Pößneck

ISBN 978-3-453-41976-6
www.heyne.de

1

Sie wirkte befangen, als sie sich in die Pose der Unterwerfung begab, anders, als man es bei einer Frau erwarten würde, die seit über sechs Monaten in diesen Club kam.

Im Salon tummelten sich Clubmitglieder in unterschiedlichster Aufmachung, teils nackt, teils in Leder, und alle schienen mit sich zufrieden. Doch obwohl sich diese Frau voller Anmut auf die Knie sinken ließ, die Beine gespreizt, die Handflächen nach oben gewandt, spürte er ihr Unbehagen bis zur Bar am anderen Ende des Salons, wo er saß. Aus den angrenzenden Spielzimmern drangen lustvolle und schmerzerfüllte Seufzer. Für die meisten war es eine vertraute, entspannte Atmosphäre, aber offensichtlich nicht für sie. Ihre Haltung war zu steif, ihre gesamte Ausstrahlung verklemmt. Vermutlich, weil sie sich jedes Mal einen anderen Spielgefährten nahm. Als würde sie nach etwas suchen. Nur wonach, fragte sich Decklan Dare, obwohl es ihn natürlich nichts anging. Doch sie sprach ihn einfach an, schon seit er sie das erste Mal gesehen hatte.

Also beobachtete er sie und wartete auf ihre Besuche und wurde jedes Mal nervös, wenn die Abstände dazwischen zu lang wurden. Sie kam nur ein-, zweimal im Monat, ähnlich wie er, wobei er seine Besuche so legte, dass sie sich nach Möglichkeit mit ihren deckten, soweit er ihre Gewohnheiten kannte. Eigentlich war das lächerlich, denn wer war sie schon? Irgendeine Frau, und er hatte noch nicht einmal mit ihr gespielt. Aber sie hatte wundervolle weibliche Kurven und gefiel ihm mehr als alle anderen Clubbesucherinnen.

Gewaltsam riss er sich von ihrem Anblick los. Er musste sich eine andere Partnerin suchen, eine, deren Erwartungen sicher nicht über eine Nacht hinausgingen. Dabei kam er gar nicht mehr in diesen Club, um Sex zu haben. Daran hatte er schon lang das Interesse verloren. Mittlerweile traf er sich hier einfach mit Freunden, um sich zu entspannen.

Sein Blick fiel erneut auf *sie*. Sie rutschte unbehaglich hin und her, und Decklan verzog das Gesicht. Er hatte noch nie viel von diesen ganzen Regeln für Subs gehalten. Er forderte ihre Einhaltung nicht ein, sie gaben ihm nichts. Ihr auch nicht, darauf hätte er gewettet. Sie brauchte einfach nur einen Mann, an den sie glauben konnte, das war offensichtlich.

Aber keinen wie ihn. Dafür wirkte sie zu verletzlich. Sie war nichts für jemanden, der nahm, selbst kaum etwas gab und wieder abzog.

»Kämpfst du immer noch dagegen an?«, fragte Max Savage, sein bester Freund.

Decklan zog die Brauen hoch. »Ankämpfen? Wogegen?« Dabei war es sinnlos, sich dumm zu stellen. Max kannte ihn besser als er sich selbst.

»Gegen dich. Los, spiel mit ihr. Dann ist die Sache erledigt.« Max setzte sich auf den Barhocker neben Decklan. »Besser, als sie zu beobachten und sich den Kopf zu zerbrechen. Außerdem hast du es mal wieder nötig.«

Decklan ballte die Hand zur Faust. Dasselbe hatte sein Bruder Gabe auch gesagt. »Du weißt so gut wie ich, dass ich ihr nicht geben kann, was sie braucht.«

Max lachte auf. »Als ob du wüsstest, was das ist.«

»Das ist nicht schwer zu erraten. Oder sieht sie für dich vielleicht aus, als hätte sie den Richtigen schon getroffen? Sie kommt hierher und testet verschiedene Männer durch. Offensichtlich steht sie nicht gern im Rampenlicht, also lebt sie ihre Vorlieben, was immer die auch sein mögen, lieber in einem der Separees aus. Er besorgt es ihr, und das nächste Mal sucht sie sich einen neuen.«

»Klingt doch ideal für jemanden, der keine Beziehung will«, sagte Max und winkte nach seinem üblichen Scotch mit Eis.

Der Club schenkte nur einen alkoholischen Drink pro Gast aus, da Trinken und einvernehmliche Sexspielereien selten zusammenpassen. Decklan hatte seinen schon gehabt. Er hatte ihn in dem Moment bestellt, als *sie* hereingekommen war. Ein Blick auf ihre Kurven, die vollen Brüste, die wundervollen Einbuchtungen in der Taille und diesen knackigen Hintern, den er so gern gekniffen hätte, und es half nur noch ein Drink.

»Oder sie hat noch nicht gefunden, was sie braucht, und sucht nach irgendeiner Form von Beziehung«, sann Decklan darüber nach, was diese schöne Frau in Wirklichkeit suchte.

Beziehungen waren für ihn tabu. Eigentlich hatte er gedacht, dasselbe gelte für seinen Bruder, doch er hatte sich geirrt. Gabe hatte Isabelle gefunden, und jetzt fragte sich Decklan, ob vielleicht nur mit ihm etwas nicht stimmte.

Max strich sich durch sein blondes Haar. »Dann lass es eben bei einem Mal bewenden.«

Das war das Problem. Decklan hatte die Befürchtung, dass ihm eine Nacht nicht reichen würde. Verdrossen blickte er zu ihr hinüber. Sie wirkte noch immer befangen, und Mike, ihr Auserwählter für diesen Abend, war kein geduldiger Dom. Das Clubpersonal hatte schon mehr als einmal in seine Sessions eingreifen müssen, und Decklan beobachtete die beiden mit Skepsis. Vielleicht spürte sie das und konnte sich deshalb nicht richtig entspannen.

Doch in ihrer Haltung fiel ihr langes blondes Haar über ihre Schultern, und bei dem Anblick zogen sich Decklans Hoden zusammen. In ihm sträubte sich alles bei dem Gedanken, dass dieser Kerl sie berühren oder, schlimmer noch, in ihre feuchte Möse eindringen würde. Denn das würde zweifellos geschehen. Warum sollte sie sich sonst während ihrer Sessions in ein Separee zurückziehen?

»Soll er sie doch vögeln.« Der Widerling wühlte jetzt in ihrem Haar.

»Sie schläft nicht immer mit ihrem Dom«, erklärte Max selbstzufrieden grinsend und trank einen großen Schluck aus seinem Glas.

»Woher weißt du das?«, fragte Decklan und straffte die Schultern.

Sein Freund zog die Achseln hoch. »Ich hatte mal eine Session mit ihr.«

Völlig unvermittelt ergriff Decklan die Eifersucht, und seine Sicht verschwamm.

Er packte Max beim T-Shirt, doch der lachte ihm nur ins Gesicht. »Das war, bevor du sie gesehen hast.«

Decklan kam sich lächerlich vor und ließ seinen Freund wieder los.

»Und sie wollte keinen Sex mit mir.« Max strich sein Shirt glatt und hatte noch immer dieses nervige Grinsen im Gesicht. »Tröstet dich das? Vielleicht will sie nicht mehr als eine Subspace-Erfahrung, also einfach nur das Gefühl der Unterwerfung genießen, und ein paar Orgasmen. Das würdest du doch hinbekommen, oder?«

»Ja, ja, fick dich selbst.«

»Danke nein, ist nicht mein Ding.« Max lachte.

Decklan schloss die Augen und überlegte, ob es ihn wirklich versöhnen würde, wenn sie keinen Sex mit ihren Spielgefährten hatte. Wenn sie sich nur zur Entspannung in der Szene aufhielt, kam er damit zurecht. Vielleicht. Aber wenn sie nur mit jemandem schlief, wenn sie ein Vertrauensverhältnis aufgebaut hatte, konnte er ihr auch nicht dienen. Nur wusste er nicht, wie lange er so weitermachen konnte, immer auf Beobachtungsposten, unfähig, sie sich aus dem Kopf zu schlagen.

Laute Stimmen drangen an die Bar, und Decklan riss die Augen auf.

Die Frau war mittlerweile aufgestanden und stand vor Mike. Ihre vollen Brüste quollen beinahe über die Lederkorsage mit den verführerischen Häkchen, die Decklan gerne eines nach dem anderen geöffnet hätte.

Mike sagte etwas.

Sie schüttelte den Kopf.

Wütend packte sie der Dom beim Haar.

Sie riss die Augen auf. »Rot«, sagte sie laut und deutlich.

Statt loszulassen, zerrte Mike nur fester an ihrem Haar.

Sofort sprang Decklan auf und lief, gefolgt von

Max, auf die beiden zu. Er duldete nicht, dass eine Frau in seiner Gegenwart misshandelt wurde. Besonders nicht *diese*.

»Komm schon, lass mich der Erste in diesem Club sein, den du an deine Möse lässt.« Mike, der Dom, mit dem sich Amanda zu einer Session verabredet hatte, griff ihr fester ins Haar, als ihr lieb war, besonders weil sie ihn so unerotisch fand.

»Nein.« Allein der Gedanke war ihr zuwider. Hatten sie das nicht ausgehandelt? Was war mit den vereinbarten Regeln und Grenzen? Sie hatte schon den ganzen Abend ein ungutes Gefühl gehabt, und jetzt bestätigte sich ihre Vorahnung.

»Nein?« Diesmal zog er an ihrem Haar, um seinen Unmut zu belegen. »Dann vielleicht ich und mein Freund?« Er sprach lauter, als es nötig oder angemessen gewesen wäre, und sie errötete, als die ersten Leute auf sie aufmerksam wurden. »Einer von uns übernimmt deine enge Möse, der andere deinen Arsch?«

Ganz bestimmt nicht. »Rot!«

»Lass sie los.« Das kam von dem Mann, der sie immer mit Blicken verfolgte, sie aber noch nie angesprochen hatte.

»Was ist hier los?« John, ein Angestellter des Clubs, kam auf sie zu. An seiner Ledermontur trug er das Abzeichen des Clubs und war die Rettung für Amanda.

Streng und verärgert musterte er den Kerl, auf den sie sich an diesem Abend unvernünftigerweise eingelassen hatte.

Und jetzt schob *er* sich zwischen sie und diesen Widerling von Mike. Allem Anschein nach hatte er einen Beschützerinstinkt.

»Die Dame sagte *Rot*«, erklärte er. »Mike hat nicht darauf reagiert. Du kannst dich um diesen Penner kümmern. Ich kümmere mich um *sie*.«

John nickte und zog Mike beiseite, um ihn unsanft zurechtzuweisen, wie es aussah.

»Danke«, sagte Amanda zu ihrem Beschützer. Es gefiel ihr, dass er Sachen in die Hand nahm. Das war genauso attraktiv wie sein Aussehen. Sie hatte schon seit Monaten ein Auge auf ihn geworfen.

Sein Haar war kurz geschoren und pechschwarz, sein Gesicht markant. Mit seiner autoritären Ausstrahlung zog er sie in seinen Bann.

»War mir ein Vergnügen.« Als er lächelte, verschlug es ihr den Atem. Bisher hatte sie ihn nur aus der Ferne gesehen, aber aus der Nähe war er einfach umwerfend.

Sie besuchte diesen Club nur selten, weil sie hoffte, hier ohne Stress und Verpflichtungen von einem Kerl zu bekommen, was sie brauchte. Doch außer *ihm* hatte sie zu ihrem Erstaunen niemand interessiert, und er war nie auf sie zugekommen. Amanda gehörte nicht zu den Frauen, die von sich aus auf

Männer zugingen, denn sie hatte Angst vor der Reaktion, die ein solches Verhalten hervorrufen würde. Sie war aus gutem Grund Mitglied in diesem Club, wo man seine Erwartungen offen zeigte. Wer hier auf sie zukam, wollte sie auch, und sei es nur für eine Nacht.

Er wollte sie offensichtlich nicht.

Ihre perfektionistische Mutter hatte ihr eine tiefe Unsicherheit eingeimpft, und die kam nun erneut zum Vorschein. Sie war zu füllig, nicht hübsch genug, aber nicht auf den Kopf gefallen, was ihr allerdings auch nicht weiterhalf.

»Komm, ich bring dich hier weg«, brummte er und holte sie in die Gegenwart zurück.

Sie sah ihn an.

Überrascht bemerkte sie, wie Verlangen in seinen tiefblauen Augen aufblitzte. Wäre er früher auf sie zugekommen oder aus einem anderen Anlass, hätte sie seine Einladung angenommen. Jetzt hatte sie den Eindruck, dass er es nur anbot, weil sie ihm leidtat. Es hatte sie schon einmal jemand aus Mitleid gevögelt, das passierte ihr kein zweites Mal. Unsicherheit war verzeihlich, Dummheit nicht.

»Danke, aber es geht mir schon wieder gut.«

»Nein, das stimmt nicht.« Er hob ihre zitternde Hand, um es ihr zu beweisen.

Offensichtlich meinte er, dass sie der Vorfall mit Mike so tief verstört hatte, doch da irrte er sich. Sein maskuliner Duft drohte sie zu überwältigen, und sie zitterte vor Anstrengung, nicht auf sein Angebot einzugehen. Pheromone achteten nicht auf Nebensächlichkeiten wie Gefühle und Mitleidsnummern.

»Ich kenne dich doch gar nicht«, sagte sie, um ihm die Grenze zu zeigen.

Selbst er musste nach Mikes Benehmen einsehen, dass sie sich nicht einmal bei einem Clubmitglied sicher fühlte. Er konnte nicht von ihr erwarten, dass sie ihn begleitete.

So sehr sie es auch wollte.

Auf einmal war ihr kalt, und sie zitterte. Sie wünschte, sie hätte etwas Normales an, nicht diese dumme Korsage und den kurzen Lederrock.

»Ich kann mich für ihn verbürgen«, sagte Max Savage. Er war ein netter Kerl, mit dem sie schon einmal eine Session gehabt hatte. Bei ihm hatte sie sich entspannen können und hätte fast den Subspace erreicht, wenn auch nicht ganz. Das brachte keiner zuwege. Sex hatte sie nicht mit Max gewollt.

Das war mit seinem Freund ganz anders.

Sie sah Max an und musste sich ein Grinsen verbeißen. Rührend, wie er seinem Freund zu einem Abenteuer verhelfen wollte. »Netter Versuch, aber dich kenne ich auch nicht sonderlich gut.«

Sie bekam eine Gänsehaut und rieb sich die nackten Arme.

»Und wenn ich dir sage, dass er ein Cop ist?«, fragte Max.

»Wirklich?«

Er streckte den Arm aus, ließ sich eine Decke geben und legte sie ihr um die Schultern.

»Danke«, sagte sie und fühlte sich gleich viel besser.

»Aber mich kennst du.« John, der Aufpasser, der Mike von ihr weggezerrt hatte, kam zurück. »Decklan passt sicher auf dich auf. Mike mussten wir schon öfter verwarnen. Diesmal haben wir ihm die Mitgliedschaft entzogen.«

Amanda blinzelte überrascht. »Da bin ich aber froh.« Dieses Arschloch verdiente es nicht, in einer Vertrauensposition zu sein.

»Decklan ist ein anständiger Kerl. Geh nicht mit ihm, wenn du nicht willst, aber lass dir wenigstens ein Getränk ausgeben. Danach geht es dir besser, und du kannst dich umziehen und gehen. Ich bringe dich persönlich raus«, versprach John.

Decklan. Sie testete den Namen im Kopf, und der Klang gefiel ihr. »Ich würde wirklich gerne was trinken.«

Die Zuschauer hatten sich schon wieder zerstreut, und selbst Max war abgezogen, um seinem Freund eine Chance zu geben.

Viel Glück, dachte sie bei sich. Decklan und sie hatten einander in den vergangenen Monaten zwar interessierte Blicke zugeworfen, aber er war nie auf sie zugekommen, und das nahm Amanda persönlich. Wenn er mehr von ihr wollte, reichte es nicht, ihr ein Wasser zu spendieren, bevor sie sich auf den Heimweg machte. Er musste sich schon ordentlich ins Zeug legen.

2

Ob in der Arbeit oder privat, Decklan legte die Karten offen auf den Tisch und erwartete das auch von seinem Gegenüber. Gerede und Lügen akzeptierte er nicht. Das galt auch in Bezug auf diese Frau, die ihn voll Misstrauen ansah, aber auch mit sichtlichem Verlangen, zumindest wenn sie meinte, er würde es nicht merken.

Sie saßen an der Bar. Er bestellte zwei 223 und ließ sie in Ruhe trinken, bis sie sich vollständig von dem Vorfall mit Mike erholt hatte. Das hatte sie mittlerweile. Das angespannte Schweigen bezog sich voll und ganz auf ihre gegenwärtige Situation. Sie traute ihm nicht, und sein Bauchgefühl sagte ihm, dass es dafür triftige Gründe gab.

Als sie ihr Glas abstellte und ihn ansah, entschied er, dass es an der Zeit war, einen Schritt weiterzugehen.

»Ich bin Decklan Dare.« Er streckte ihr die Hand entgegen.

»Amanda Collins.« Sie legte ihre kleinere Hand in seine.

Sofort schob er den Daumen auf ihren Puls und freute sich über das schnelle Pochen, das ihm verriet, dass sie nicht immun gegen ihn war. Nur vorsichtig.

Mit Vorsicht konnte er umgehen. Nachdem er jetzt schon mal mit ihr zusammensaß, wollte er die Nacht mit ihr verbringen.

Sie versuchte, ihm die Hand zu entziehen, doch er hielt sie fest und presste den Daumen auf ihren Puls. Er war sein menschlicher Lügendetektor, und bei dieser Frau würde er ihn brauchen.

»Nochmals danke, dass du dazwischengegangen bist. Mike war ein Ekel.« Sie biss sich auf die volle Unterlippe.

Verdammt, dasselbe hätte er auch gern getan. Er nickte nur zustimmend. »Ich habe Mike schon früher erlebt. Wenigstens ist er jetzt endgültig draußen.« Er lächelte. »Dann erzähl mal, Amanda, was hattest du dir von diesem Abend erwartet – bevor dir dieser Idiot in die Quere kam?«

Ihr Puls beschleunigte. Decklan musste sich zusammenreißen, um nicht noch breiter zu grinsen. Als ihr Schweigen anhielt, entschied er, sie etwas lockerer anzupacken. »Oder soll ich dir stattdessen erzählen, was mir so vorschwebt?«

»Ich höre.« Sie blinzelte, ihre braunen Augen waren groß.

Er legte ihre Hände auf den Tresen, ohne sie loszulassen. »Ich fange damit an, was ich nicht mag. Keine Regeln. Keine Spiele. Ich will einfach nur heißen, verschwitzten Sex«, sagte er, und sein Schwanz drückte von innen gegen seine dunkle Jeans, als er sich vorstellte, in ihre enge, feuchte Scheide zu gleiten.

Ihre Augen verdunkelten sich hungrig, als er seinen Wunsch so ehrlich aussprach. Unter seinem Daumen raste ihr Puls. Sie spürte die gleiche Begierde wie er. Gut, dachte er, er hatte sie richtig eingeschätzt. Er hatte in ihr nie eine Frau gesehen, die sich unterwerfen wollte, sondern eine voller Verlangen.

Und offensichtlich deckte sich ihr Verlangen mit seinem. »Ich will dich, Amanda. Ich möchte mit dir diesen Club verlassen und tun, worauf ich mir schon einen runterhole, seit ich dich vor Monaten das erste Mal gesehen habe. Ich will diesen prächtigen Hintern umgreifen, meinen Schwanz in dir vergraben …«

»Bei *Ich will dich* war ich noch dabei«, sagte sie. »Warum musstest du dann lügen und so alles kaputt machen?« Sie stand auf und wollte gehen.

»Ich lasse mich nicht gern beleidigen«, warnte er streng und hielt sie zurück. Seine Augen wurden schmal. »Du sagst, du kennst mich nicht, wie kommst du dann darauf, dass ich lüge?« Sein Griff um ihre Hand wurde fester.

»Wenn du mich wirklich so sehr wolltest, hättest du mich doch schon vor Monaten angesprochen. Und was meinen Arsch betrifft: Er ist zu dick und …«

»Genug.« Er änderte seine Pläne für den Abend. Unterwerfung stand nun doch auf dem Programm. »Lässt du dich für heute Abend auf mich ein?«

Sie schluckte, und die zarten Linien ihres Halses bewegten sich auf und ab, während sie überlegte. Schließlich nickte sie langsam.

Er drehte sich auf seinem Barhocker und deutete auf seine Oberschenkel. »Dann leg dich über meinen Schoß. Zehn Schläge dafür, dass du behauptet hast, ich würde lügen. Dein Hintern ist eine Sensation. Üppig, rund, wie geschaffen für meine Hand.« Er klopfte noch einmal auf seine Oberschenkel.

Ausgeschlossen, dass sie nicht den Umriss seines Schwanzes sah, der sich beharrlich gegen seine Hose drückte.

»Ich … wir haben noch keinen Vertrag ausgehandelt.«

»Stimmt.« Er nickte, verärgert darüber, dass sie ihn derart in ihren Bann geschlagen hatte und er so die grundlegendsten Dinge vergaß. »Ist Versohlen ein Hard Limit für dich?«

»Nein«, flüsterte sie, und ihre Pupillen weiteten sich bei dem Gedanken.

»Nein, wer?«, fragte er. »Ich steh nicht auf das Regelwerk.« Er wollte nicht Sir oder Meister genannt werden, aber er wollte, dass ihre perfekten Lippen seinen Namen formten. Und irgendwann würde er sie auf seinen Schwanz dirigieren.

»Nein, Decklan«, sagte sie. Ihre Stimme war noch immer leise.

»Hier vor allen?«, fragte er.

Sie blickte nervös um sich. Die meisten Besucher schienen mit ihren eigenen Spielen beschäftigt zu sein. Max sah vom anderen Ende der Bar aus zu.

Decklan schien das nicht zu kümmern.

»Eigentlich lieber nicht.«

Er hörte ein *Aber* mitschwingen und zog die Brauen hoch.

»Aber ich wäre bereit, es zu versuchen. Mit dir.«

Ihr Atem stockte, was ihn zutiefst befriedigte. »Trägst du Unterwäsche?«

Sie schüttelte fast unmerklich den Kopf. Das Blut schoss aus seinem Kopf und verlagerte sich in tiefere Regionen.

»Dann zieh diesen Rock hoch und leg dich über meinen Schoß, oder sag *Rot,* und wir können nach Hause gehen. Getrennt.« Er wartete gebannt. Es war ihre Entscheidung. Sie hatte die Macht. Wenn sie ging, würde er es vielleicht nicht überleben. Noch ein Grund, warum er sie bisher noch nicht angesprochen hatte.

Sie sah ihn mit großen Augen an und wandte ihren Blick keine Sekunde von ihm ab, dann röteten sich ihre Wangen und glühten sexy. Ganz langsam hob sie ihren Rock, kam die paar Schritte auf ihn zu und bückte sich, Gott sei Dank, über seinen Schoß. Auf der Suche nach einer angenehmen Position streifte sie seine steinharte Erektion, und er stöhnte laut.

Vor ihm auf seinem Schoß lag die Erfüllung seiner Träume. Ihr Hintern war rund und hell, zwei wundervolle Wölbungen, die auf seine Hand warteten. Er hatte in diesem Club geübt und eine Weile Spaß daran gehabt, überlegte allerdings schon seit Längerem, ob er nicht genug davon hatte.

Aber sie?

Sie wollte er sich nicht entgehen lassen. Er strich über eine Pobacke, dann über die andere. Ihre Haut war samtweich und verlockend. Erst versteifte sie sich, doch als er sie streichelte, entspannte sie sich, und sein Schwanz stellte sich auf, als sie sich so nachgiebig fügte.

»Weißt du, warum du in dieser Position bist?«, fragte er und zwickte sie in die Pobacke, damit sie auch wirklich zuhörte.

»Ich habe gesagt, dass du gelogen hast.«

Er musste sich hinunterbeugen, um sie zu verstehen. »Dein Hintern ist eine Sensation«, sagte er und verlieh seinen Worten mit einem ersten Klaps Nachdruck.

»Autsch!« Sie wand sich unter ihm.

»Sei still!« Er ließ zwei weitere Schläge auf seinen ersten folgen, einen auf die andere Backe, den dritten näher am Beinansatz. Das Klatschen und das Gefühl in seiner Hand verschmolzen und berauschten ihn auf eine Weise, wie er es seit einer Weile nicht erlebt hatte. »Ich weiß, dass du mich nicht kennst, aber das wird sich ändern. Ich lüge nicht«, sagte er und schlug erneut zu. Vier. Ihr Hintern verfärbte sich anmutig rot und glühte, wo er sie geschlagen hatte.

Sie gab keine Schmerzenslaute mehr von sich, doch ihre Finger gruben sich durch den Jeansstoff in seine Waden, und ein Seufzen drang zu ihm hinauf. »Dieser wundervolle Hintern war das Erste, was mir an dir aufgefallen ist.« Fünf. Seine Hand brannte, und er schlug erneut zu. Diesmal bog sie sich seinem Schlag entgegen, was ihn zutiefst befriedigte. Nummer sechs fiel etwas härter aus, und er endete mit sieben, acht, neun und zehn.

Leises Wimmern kam von ihren Lippen und drang an seine Ohren. Er hatte noch nie gesehen, wie sie sich so ihren Gefühlen hingab, und sein Instinkt sagte ihm, dass Tränen in ihren Augen standen, aber nicht so sehr vom Schmerz, denn er hatte nur leicht zugeschlagen, sondern weil sie sich ergeben hatte. Sie verdiente, erlöst zu werden, und er besorgte es ihr nur zu gerne. Obwohl er wusste, dass er nicht so leicht von ihr loskommen würde, wenn er erst einmal die Finger zwischen ihre Schenkel gleiten ließ und in der feuchten Hitze versenkte.

Amandas Hintern brannte, und ihre Möse zog sich in verzehrendem Verlangen zusammen. In dem Moment, als sie sich über Decklans Schoß gelegt hatte, war ihr Kopf leer gewesen. Sich an seinen Beinen festzuhalten war ihr ganz natürlich erschienen. Genau. Sie verdiente die Bestrafung, weil sie an seinen Worten gezweifelt hatte, obwohl das nur an ihrer eigenen Unsicherheit lag. Ihr Hintern war zu dick, genau wie ihre Titten und ihr Bauch. Egal, wie streng sie in der Vergangenheit Diät gehalten hatte, ihre Rundungen waren geblieben. Sie war zutiefst davon überzeugt, dass kein Mann sie je begehren konnte.

Doch er hatte etwas anderes behauptet, und sie musste ihm glauben. Als der Schmerz in Verlangen umschlug, gelang es ihr. Warum hätte sie sonst ihren Hintern entblößt, in einer Bar voller Leute, was sie noch nie zuvor getan hatte? Und warum sollte es ihr so gut gefallen? Weil es ihm gefiel. So viel verstand sie.

Ihr Geschlecht pochte, und je länger er die Hand über sein Werk streichen ließ, desto größer wurde ihr Verlangen. Die Feuchtigkeit breitete sich innen über ihre Schenkel aus. Sie musste kommen.

Er drückte ihre Pobacken zusammen, und erneut wallte Hitze zwischen ihren Schenkeln auf, und ihre Klitoris pulsierte vor Verlangen.

»Bist du feucht, Baby?«

»Himmel, ja.«

»Lass sehen.« Er fuhr mit einem Finger um ihre Möse und ließ ihn über die feuchten Schamlippen gleiten, verstrich den Film, den er erzeugt hatte. »Du triefst«, sagte er voll männlicher Befriedigung.

Das Wimmern, das ihr entfuhr, klang kaum noch nach ihr selbst.

Er ließ einen Finger in sie gleiten, und sie zog sich um ihn zusammen, versuchte ihn zu greifen, ihn festzuhalten. Aber sie hatte hier nicht das Kommando. Stattdessen fuhr er mit diesem einzelnen Finger immer wieder in sie, bis sie anfing, sich zu winden, um ihn tiefer zu stoßen.

Er verpasste ihr einen weiteren Klaps, und sie senkte leise seufzend den Kopf.

Jetzt nahm er zwei Finger und drückte den Daumen auf ihre Klitoris, bearbeitete den kleinen Knotenpunkt, der ihren Genuss kontrollierte. Rein und raus, härter und schneller, bis sie sich unkontrolliert unter seiner Hand wand.

»So ist es brav«, sagte er und bescherte ihr allein schon mit seiner sexy rauen Stimme einen Vorgeschmack auf den Orgasmus, während er immer tiefer stieß.

Sie verlor jedes Gefühl für Zeit und Raum. Das Einzige, was noch zählte, war die Kollision zwischen ihrem Körper und seiner Hand. Sie bog den Rücken durch und drückte sich noch fester an ihn, kurz vor einem Höhepunkt, der so überwältigend war, dass sich ihre Gefühle Bahn brachen. Tränen quollen unter ihren Lidern hervor.

Und dann explodierte sie mit einem Schrei. Ihr Orgasmus fegte über sie hinweg, riss sie nach oben, immer weiter, und über die Spitze. Eine Lust, wie sie sie noch nie erfahren hatte, durchdrang sie bis in die letzte Faser, und sie ritt auf der Welle, wiegte sich auf seiner Hand und gab sich voll und ganz diesem Gefühl hin. Dann winkelte er die Finger ab und berührte eine Stelle in ihrem Inneren, die ihr neu war, und das Beben begann aufs Neue bei einem Höhepunkt, der noch heftiger war als der zuvor.

Erst als die Wellen langsam abebbten, drückte er auf ihre Klitoris.

»Nein«, stöhnte sie. Sie konnte nicht mehr.

»Oh doch.« Er drückte zu, und sie kam noch einmal.

Es war eine Ewigkeit her, dass Decklan Nachsorge betrieben hatte. Dennoch saß er auf einer Couch in einer Ecke des Clubs, in seinem Schoß hatte sich Amanda zusammengerollt, völlig weggetreten und in eine Decke gehüllt. Sein Schwanz pochte mit ungestillter Begierde, und das Gefühl war ihm willkommen. Es erinnerte ihn daran, dass es Momente gab, wo es sich lohnte auszuharren. Daran hatte *sie* ihn erinnert.

»Nicht zu fassen.« Max ließ sich auf einen Sessel neben ihm nieder, musterte das Bündel in seinen Armen und grinste selbstzufrieden. »Du hast nachgegeben, und es hat dir gefallen.«

»Das musste sein«, brummte Decklan leise, der sie nicht stören wollte, bis sie von selbst zu sich kam. Diese Frau glaubte allen Ernstes, sie sei zu rundlich? Zu dick? Sie hatte es verdient, dass man ihr den Hintern versohlte. Das nächste Mal wollte er sie beißen. Um sie zu markieren und sich die Befriedigung zu holen, seinen Abdruck auf ihrer Haut zu sehen.

Er rutschte unbehaglich hin und her, denn er wusste, dass er sich nicht zu sehr auf sie einlassen durfte. Das wäre nämlich einer Art von Beziehung gleichgekommen, was hieß, jemanden an sich heranzulassen und möglicherweise zu mögen. Oder sogar zu lieben. Womit man wiederum das Risiko von Verlust in Kauf nahm. Aber Decklan vertrug keinen Verlust. Mit neunzehn hatte er seine Eltern verloren, diese Art von Schmerz und hilfloser Panik wollte er kein zweites Mal erleben.

Er schüttelte den Kopf, um diese Gedanken zu vertreiben, bevor er sich in der Finsternis verlor, doch auch die Erinnerung änderte nichts daran, dass er mehr von dieser Frau wollte. Mehr Zeit mit ihr, um zu verstehen, warum sie ihn so ansprach, und mehr Zeit, als er bisher gehabt hatte.

Das Bündel in seinen Armen regte sich. Er warf Max einen strengen Blick zu, und sein Freund erhob sich. »Ich verschwinde. Wir können ein andermal darüber reden.«

Oder auch nicht, dachte Decklan säuerlich. Max liebte es, alles zu analysieren. Decklan nicht.

»Was ist passiert?« Amanda sah sich um und blinzelte mit großen Augen, während sie zu sich kam – und erinnerte sich. »Oh. Wow. Ich war noch nie so weggetreten.«

Er grinste, unfähig, den lächerlichen Stolz zu unterdrücken, dass es ihm gelungen war, sie so weit zu bringen. »Hier, trink einen Schluck.« Er gab ihr eine Wasserflasche, die man für sie gebracht hatte. Er schraubte die Kappe ab und hielt sie ihr hin.

Sie nahm einen Schluck. »Danke.«

»Gerne.« Er schwieg, dann beschloss er, sie ein wenig weiter zu bedrängen. Eine Frau mit ihrem Aussehen sollte nicht unter Minderwertigkeitskomplexen leiden. »Du musst dein Bild von dir ändern«, sagte er und festigte seinen Griff, um sie an der Flucht zu hindern.

Doch sie versuchte es. Er hielt sie fest. »Wir kennen uns nicht, und ich dränge dich nicht zu reden, wenn du nicht willst. Du sollst nur wissen, dass alles, was ich gesagt habe, ernst gemeint war.«

»Und willst du mir dann außerdem erzählen, dass du schüchtern bist? Oder warum mussten erst Monate vergehen und mir ein anderer blöd kommen, bis du mich ansprichst?«

Scheiße. Dann steckte also wirklich mehr dahinter, dass sie so misstrauisch war und ihn vorher einen Lügner genannt hatte. »Zweifelst du schon wieder an meiner Ehrlichkeit? Ich verpasse dir gerne gleich noch einmal zehn Schläge auf den Po.«

Sie biss sich auf die volle Unterlippe. »Ich bin nur ehrlich. Ich dachte, das würde hier dazugehören.« Wieder wollte sie sich ihm entwinden.

»Du warst zu verlockend«, gestand er ihr die Wahrheit. Ihm blieb keine Wahl. Anderenfalls hätte er sie für diesen Abend aufgeben müssen – und das wollte er nicht.

Sie akzeptierte seine Antwort, und die Spannung löste sich. Als sie sich wieder gegen ihn sinken ließ, stieß er den lang gezogenen Atem aus, nicht willens, die Sache zu sehr zu hinterfragen.

Er strich über ihr langes Haar und atmete ihren Geruch ein, eine Mischung aus Pfirsich und Erregung. Ein heftiges Verlangen durchfuhr ihn. Sie kitzelte Gefühle in ihm wach, die er vor Jahren begraben hatte.

Es war Zeit, die Bedingungen festzulegen. »Ich lasse mich nicht auf Beziehungen ein.«

»Ich mich auch nicht.«

Eine Schande, dachte er sofort. Diese Frau verdiente einen Mann, der sie umsorgte. *Er* wollte für sie sorgen.

Augenblicklich schob er diesen gefährlichen Wunsch beiseite. »Tja, dann haben wir anscheinend etwas gemeinsam und können weitermachen. Willst du das?«, fragte er.

Sie nickte langsam. »Sehr gerne, Decklan. Ich will dich.«

3

Amanda ging in die Damentoilette, um ein Telefonat zu führen, bei dem Decklan nicht mithören sollte. »Bist du sicher?«, fragte sie in ihr Handy.

»Ich bin nicht umsonst ein Computergenie. Ich habe gründlich recherchiert. Decklan ist ein anständiger Kerl. Er ist kein Serienkiller, hat keine Vorstrafen. Auch keine versteckten Geheimnisse. Ich hätte es herausgefunden.«

Davon war auszugehen. Brad Ritter, ihr Chef und engster Freund, konnte es mit den besten Hackern aufnehmen. Sie vertraute seiner Recherche.

»Okay. Dann komme ich heute Nacht nicht zurück.«

»Der Jet steht aufgetankt parat, sobald du so weit bist. Du verbringst zu viel deiner Zeit mit meinen Belangen. Ich bin froh, wenn du dir einmal Zeit für dich nimmst.«

Sie dachte dran, wie Decklans große Hände ihren ausgehungerten Körper gestreichelt hatten, und seufzte glücklich. »Ich auch. Aber keine Sorge. Es ist nur für eine Nacht. Es dauert ein bisschen länger, das ist alles. Ich halte es unpersönlich und verschwinde am Morgen.«

»Du weißt, wie dankbar ich dir bin, dass du meinen Vater in dem Glauben lässt, wir wären ein Paar.«

Amanda blickte zur gestrichenen Decke empor. Selbst die Toiletten hier waren stilvoll. Sie seufzte. »Das mache ich doch gern. Wir profitieren beide davon. Ich mag mein Leben, wie es ist, und du und Keith habt eure Ruhe.«

Brads Vater war Senator Stephan Ritter. Er gehörte der rechtsgerichteten Tea-Party-Bewegung an, und Brad hatte das Gefühl, sich niemals outen und öffentlich zu seiner sexuellen Orientierung bekennen zu können, ohne die Laufbahn seines Vaters zu ruinieren. Amanda litt zwar nicht mehr an Bulimie, doch ihr Verhältnis zu Männern und Beziehungen war gestört. Es war einfacher, ihre sexuellen Bedürfnisse in diesem exklusiven Club zu befriedigen. Ihr Freund Brad, der milliardenschwere Computerfreak, bezahlte ihren Mitgliedsbeitrag. Es war wirklich eine Win-win-Situation.

»Tja, wenn du morgen heimkommst, will ich alles über diesen Typ erfahren, für den du deine *Nie länger als zwei Stunden und nur im Club*-Regel brichst.«

Tja, da würde sie ihn leider enttäuschen müssen. Was in New York geschah, blieb in New York. Auch, wie sehr sie sich von Decklan angezogen fühlte, und wie sehr sie sich wünschte, sie könnte ganz normal an Beziehungen glauben und sich darauf einlassen. Nicht dass es eine Rolle spielte. Schließlich wollte Decklan keine Verpflichtungen.

»Danke, dass du dich um mich sorgst. Ich muss jetzt aufhören. Wir sehen uns morgen.«

»Bis morgen. Pass auf dich auf, und amüsiere dich gut.«

Sie klappte ihr Handy zu und ging zurück in den Club. Decklan stand mit verschränkten Armen im Gang und wartete auf sie. »Ich dachte, du hättest vielleicht ein Fenster gefunden und wärst geflohen.«

»Niemals.« Jetzt, wo sie sich dazu entschlossen hatte, wollte sie es in vollen Zügen genießen. »Ich musste mich nur frisch machen und einen Freund anrufen. Wenn ich nicht rechtzeitig zu Hause bin, zieht sonst der Suchtrupp los.«

»Gut zu wissen, dass jemand auf dich aufpasst.«

Sie lächelte. »Darauf kannst du dich verlassen.« Wenn sie ihn brauchte, würde Brad alles stehen und liegen lassen. Sie hatten sich auf dem College kennengelernt und waren seitdem beste Freunde, und daran konnte nichts etwas ändern. Mittlerweile war sie seine persönliche Assistentin und hielt ihm den Rücken frei, damit er sich auf das Wesentliche konzentrieren konnte.

Decklan legte ihr die Hand auf den Nacken, eine besitzergreifende Geste, die sie wohlig erschaudern ließ.

»Zu mir oder zu dir?«, fragte er.

»Ich komme von außerhalb.« Brad hatte zwei Apartments unter falschem Namen angemietet, in denen sie wohnten, wenn sie geschäftlich in der Stadt zu tun hatten. Eines für ihn, das andere für sie. Sie lagen weit von der superreichen Gegend entfernt, wo man den Sohn von Senator Ritter erwarten würde, und boten ihm und Keith Schutz. Dorthin wollte sie Decklan nicht mitnehmen, damit keine Fragen aufkamen.

Er blinzelte, als würde ihm ein Licht aufgehen. »Jetzt verstehe ich. Deshalb bist du nicht öfter hier.«

»Das ist dir aufgefallen?«, staunte sie.

»Zweifelst du schon wieder daran, dass ich die Wahrheit sage?«, fragte er warnend.

Ihr Hintern schmerzte noch immer von seiner ersten Bestrafung, und sie wollte zum nächsten Teil der Nacht übergehen. »Nein, alles gut.«

»Dann also zu mir?«, fragte er.

Sie nickte.

»Ich wohne etwas außerhalb von Manhattan. In Great Neck«, sagte er.

»Das ist in Ordnung.« Sie konnte jederzeit ein Taxi rufen, wenn sie fliehen musste.

»Hast du Hunger?«, fragte er.

Sie zuckte die Schultern. »Ein bisschen schon.« Sie hatte zu Abend gegessen, aber es war schon spät, und eine kleine Stärkung würde ihr sicher guttun. »Und du?«

Seine Augen verdunkelten sich. Plötzlich drückte sein Daumen gegen ihre Unterlippe. Sie seufzte, ließ die Zunge hervorschnellen und leckte seine salzige Haut. »Vorsicht, Baby, ich beabsichtige, dich zu vernaschen.«

Die Luft entwich zischend aus ihrem Mund. »Oh.«

Er strich mit dem Finger über ihre Lippe, hin und her. Ihre Brustwarzen verhärteten sich unter der Berührung, und sie spürte den Sog bis zum Scheitelpunkt ihres Geschlechts.

»Du hörst dich an wie ein New Yorker«, versuchte sie einigermaßen normal zu sagen.

Er nickte. »Ich bin hier geboren und aufgewachsen. Du?«

»Ich komme aus Maryland«, murmelte sie und sah ihm dabei in die Augen. Sie waren von einem hypnotischen Blau und gaben ihr das Gefühl, in ihrer Tiefe ertrinken zu können.

»Und wo lebst du jetzt?«, fragte er.

»In Washington D.C.« Sie riss sich von dem Bann los, mit dem er sie belegte, und rief sich ins Gedächtnis, dass sie nicht nur ihre eigenen Geheimnisse, sondern vor allem die eines Freundes zu schützen hatte.

Bei einem One-Night-Stand musste man sich nicht erst genau kennenlernen. Aber sie wollte mehr über ihn erfahren, und das war gefährlich.

»Möchtest du die ganze Nacht lang reden?«, fragte sie verführerisch, um die Sache voranzutreiben. »Oder kennst du ein paar Kniffe, die du mir gerne zeigen möchtest?«

Er lachte. »Du bist ja richtig witzig«, sagte er überrascht.

Sie grinste. »In gewissen Momenten.« Nachdem sie den Schlamassel mit Mike und die Bestrafung hinter sich hatte, war ihr jetzt nach Spielen.

Aufpasser John zwinkerte ihr zu, als sie sich von Decklan nach draußen führen ließ. Nachdem Brad recherchiert hatte und die Clubbetreiber wussten, mit wem sie unterwegs war, erschien es ihr sicher, mit Decklan zu gehen. Er wirkte vertrauenswürdig, und Mike war sicher nur eine Ausnahme gewesen.

Decklan ließ die Hand schützend auf ihrem Rücken, während er sie zum Parkplatz führte und ihr die Tür aufhielt, als sein schwarzer SUV gebracht wurde. Das Radio lief, und sie machte es sich in dem komfortablen Sitz bequem.

»Alles in Ordnung?«, fragte er.

Sie nickte. »Ja, danke.« Erstaunlicherweise war es das wirklich. Für gewöhnlich ließ sie sich nicht von fremden Männern abschleppen, aber bei Decklan Dare hatte sie gar nicht das Gefühl, ihn nicht zu kennen. Außerdem war sie wirklich scharf auf eine Nacht mit diesem dominanten sexy Mann.

Der Rest der Fahrt verlief in angenehmem Schweigen. Er drängte ihr keine Unterhaltung auf, und sie war noch immer leicht benommen von ihrer Subspace-Erfahrung, die sie durch Decklan gewonnen hatte. Bald schon bog er vom Highway ab, fuhr durch einige Seitenstraßen mit kleinen, eng stehenden Häusern und parkte in einer Wohnanlage.

Der Parkplatz war gut beleuchtet, sodass sie gepflegte Grünflächen und ein relativ neues Gebäude erkennen konnte. Ansehnlich, aber nicht protzig. Doch der Club kostete ein Vermögen. Sie hätte sich den Beitrag niemals leisten können, hätte Brad nicht darauf bestanden, ihn als Sonderleistung ihres Gehalts zu bezahlen. Sie fragte sich, wovon ein Cop wie Decklan Dare die Mitgliedschaft bezahlte. Brad konnte ihr zwar alle Informationen über Decklan beschaffen, aber so weit würde sie nie gehen. Sich abzusichern war okay, schnüffeln führte allerdings zu weit. Das hier war ein One-Night-Stand. Sie durfte nicht so neugierig sein.

Die Wohnung hatte Stil und definitiv einen männlichen Charakter. Alles war in Schwarz, Grau und Taupe gehalten, es gab eine einladende Sofagarnitur und einen großen Flachbildfernseher.

»Wer hat die Wohnung eingerichtet?«, fragte sie. Decklan erschien ihr nicht wie der Typ, der Spiegel mit verschnörkelten Rahmen aufhängte oder

Schnickschnack kaufte, um seine Wohnung heimeliger zu gestalten.

»Meine Schwester Lucy.«

Sie nickte. »Sie hat einen guten Geschmack.«

»Das ist ihr Job. Mein Bruder Gabe leitet das Familienunternehmen, dazu gehören exklusive Clubs im ganzen Land. Schon mal von Elite gehört?«

Sie nickte beeindruckt. »Ich habe neulich von der Eröffnung auf der Insel Eden gelesen.«

»Genau. Lucy macht die Innenausstattung.«

»Ein Familienunternehmen, trotzdem bist du Polizist.« Sie grinste. »Du machst es gern auf deine Art?«

Er lachte. »Eher so, wie Gabe es bevorzugt. Als ich neunzehn war, sind meine Eltern bei einem Autounfall ums Leben gekommen. Gabe hat übernommen und dafür gesorgt, dass ich aufs College gehe und Polizist werde, weil das mein großer Traum war. Er hat alles für Lucy und mich getan und seine eigenen Bedürfnisse hintangestellt.«

»Das tut mir leid«, sagte sie leise.

Decklan antwortete nicht. Mitgefühl war ihm immer unangenehm. Genauso wie das nagende Gefühl, Gabe etwas zu schulden. Das war ein weiterer Grund, warum er sich nach dem Tod seiner Eltern so hilflos gefühlt hatte. Er hatte zwar seinen Wunschberuf ergriffen, aber er hatte es auf Kosten seines Bruders getan. Gabe beschwerte sich nie. Doch er hatte sich nie aussuchen können, was er tat, weil er praktisch die Position der Eltern übernahm. Auch deswegen hatte Decklan einen Hang zu BDSM entwickelt. Die Kontrolle für sich zu beanspruchen half ihm, mit seinen düsteren Gefühlen zurechtzukommen.

»Muss ein toller Kerl sein, dein Bruder«, bemerkte Amanda.

»Er ist unausstehlich.«

Amanda drehte sich zu ihm um und sah ihn überrascht an.

Decklan zuckte die Schultern. »Das ist er. Zu allen außer mir, Lucy und seiner neuen Frau, Isabelle. Er musste es sein, sonst wäre er nie so weit gekommen. Aber ich respektiere ihn, auch wenn ich ihn oft erwürgen könnte.«

»Ich wünschte, ich hätte Geschwister.«

»Du bist Einzelkind?«

Sie zuckte die Schultern. »Leider.«

Plötzlich fiel ihm auf, wie vertraulich ihr Gespräch geworden war. Wie bei zwei Menschen, die einander kennenlernten, obwohl sie doch in Wirklichkeit ausschließlich auf Sex aus waren. Er vertrieb das Gefühl, wie angenehm es war, mit ihr zu reden, und dass er gerne mehr von ihr erfahren hätte. Woher ihre Unsicherheit kam, die er vorher erlebt hatte, oder die Traurigkeit, die jetzt aus ihrer Stimme sprach.

Zeit, die Unterhaltung voranzutreiben. »Komm.« Er führte sie in seine kleine Küche. »Kann ich dir etwas zu trinken anbieten?«

Sie schüttelte den Kopf. »Diese Küche ist sehr gemütlich. Kochst du?«, fragte sie und sah sich um.

»Nein. Normalerweise hole ich mir etwas auf dem Heimweg von der Arbeit. Du?«

»Ja, sogar ziemlich gut.«

Er wandte sich ihr zu und fasste sie unterm Kinn. »Wenn du in New York wohnen würdest, müsstest du mir dein Talent beweisen.« Und das meinte er ernst, wie er zu seinem Erstaunen bemerkte.

Sie ließ die Lider flattern und sagte: »Würde ich hier leben, würde ich es vielleicht wirklich tun.«

Süß, dachte er. Sie war süß. »Hast du heute Abend schon gegessen?«, fragte er.

»Ja, vor dem Club.«

»Gut.« Er trat auf sie zu. Ihr Duft umfing ihn. Die Erinnerung daran, wie warm und feucht sie sich um seine Finger angefühlt hatte, ließ ihn sofort wieder hart werden. »Dann kommt jetzt das *Dessert*.«

Ihre weichen Lippen teilten sich, doch es kam kein Laut hervor.

Angetan von ihrer Reaktion, ging er zum Kühlschrank und drehte sich nach ihr um. Er hatte einen Plan, und jetzt war die Zeit, ihn auszuführen. »Ab in mein Schlafzimmer. Im Gang erste Tür rechts. Zieh dich aus, und warte auf mich.«

Mit einem Schlag war Decklan wieder der befehlshaberische Kerl aus dem Club, und sofort war Amanda wieder feucht und voller Begierde. Sie wusste, was kam, wenn sie nicht gehorchte, und war versucht zu warten. Aber sie hatte das Gefühl, dass ihr noch etwas Besseres bevorstand, wenn sie sich fügte, also begegnete sie seinem heißen Blick, nickte und ging Richtung Schlafzimmer.

Ihre Nerven machten ihr zu schaffen. Die alte Unsicherheit meldete sich zurück. Im Club vereinbarte sie immer gedimmtes Licht, bevor sie sich auf ein Spiel in gegenseitigem Einvernehmen einließ. Sie hatte gelernt, dass es ihrem Bedürfnis zu gefallen, das so tief in ihr verankert war, entgegenkam, gefesselt zu werden und sich zu unterwerfen. In ihrer Jugend hatte sie nie die Erwartungen erfüllt, sosehr sie sich bemüht hatte, ob in der Schule, beim Sport oder vor allem, was ihr Aussehen betraf.

Als Brad ihr einen BDSM-Club vorgeschlagen hatte, um ihr Problem anzugehen, war sie erst skeptisch gewesen. Doch er hatte recht behalten. In der Unterwerfung hatte sie nicht nur gelernt, sich selbst anzunehmen – was ihr offensichtlich noch immer zu schaffen machte –, sondern auch die Befriedigung erfahren, jemandem zu gefallen. Und Decklan wollte sie wirklich gefallen, obwohl sie vorhatte, auch jetzt das Licht zu dimmen. Er hatte sie vom ersten Anblick an fasziniert, und nun wollte sie alles von dieser Nacht, was es zu holen gab.

Mit zitternden Händen zog sie sich aus, faltete ihre Kleidung und legte sie auf die Kommode. Ein kühler Luftstrom aus der Klimaanlage streifte ihre nackte Haut, und sie blickte auf ihre Oberschenkel.

Aus der Küche drang ein Klappern, und sie fuhr erschrocken zusammen. Das Geräusch erinnerte sie daran, dass sie nicht viel Zeit hatte. *Vergiss nicht, Decklan will dich hier.* Dieser letzte Gedanke gab ihr den Anstoß, auf sein großes Bett zu klettern, sich nackt an die Kissen zu lehnen und sich zu entspannen. *Aber nicht, bevor das Licht gedimmt ist.*

Sie musste nicht lang warten. Er erschien mit einer Schale, Löffeln, einer Flasche Schokoladensoße und einem sexy Funkeln in den Augen, bei dem sich ihr Magen aufgeregt zusammenzog.

Sein Blick richtete sich auf ihren nackten Körper. Sie wusste, dass er sie auch im Schummerlicht sah. Nur ihr Stolz und die Lektion, die er ihr heute erteilt hatte, ließen sie bleiben.

»Ich dachte, ich wäre das Dessert«, sagte sie und betrachtete, was er auf den Nachttisch stellte. Sie konnte sich nicht erklären, woher der Impuls kam, ihn zu necken, und woher sie die Gelassenheit dazu nahm, obwohl sie nackt war.

Er belohnte sie mit einem tiefen Knurren, das eindeutig Lust bezeugte. »Das bist du auch, Baby.« Er kam aufs Bett und kroch über sie hinweg.

Ehe sie seinen Plan durchschaute, zog er an einem Klettverschluss, der am Gitter am Kopfende hing, und schloss eine Handschelle um ihr Handgelenk.

»Denk an deine Safewords. Rot, und ich höre auf,

Gelb, wir reden, Grün, wir machen weiter«, sagte er und fesselte ihre andere Hand ans Bettgestell.

»Du siehst zum Anbeißen aus.«

Sein Wohlgefallen durchströmte sie ganz warm, und ihre Brustwarzen wurden hart.

»Wie fühlst du dich?«, fragte er.

»Grün«, murmelte sie und zitterte. Zum zweiten Mal an diesem Abend – oder vielleicht in ihrem Leben – begann sie abzudriften.

»Soll ich deine Beine fesseln?«, fragte er, schüttelte aber sofort den Kopf und beantwortete sich die Frage selbst. »Nein, ich glaube, ich möchte fühlen, wie sie sich um meine Taille schlingen, während ich mich in deiner Möse versenke.«

Ihr Magen zog sich vor Aufregung wieder zusammen.

Decklan strich über ihren Bauch und ließ die Hand absichtlich kurz dort liegen. Reflexartig versteifte sie sich. Er spürte es, so wie er die Panik über ihr Gesicht huschen sah.

Er beobachtete sie ganz genau, seit er reingekommen war und das gedimmte Licht bemerkt hatte. Nicht zum ersten Mal fragte er sich, wer ihr diese Komplexe eingeredet hatte, doch er wusste, dass jetzt nicht der Moment war, um sie danach zu fragen. Er musste ihr die Unsicherheit nehmen, sie beruhigen.

Sie von der Wahrheit überzeugen, denn er wollte wirklich nur *sie*. Sie sah umwerfend aus, wie sie da an sein Bett gefesselt lag und ihr blondes Haar auf die Laken fiel. Sie war ganz Frau, und wer ihr etwas anderes in den Kopf gesetzt hatte, verdiente eine Tracht Prügel.

Noch immer lag seine Hand auf ihrem weichen Bauch. »Ich kann es kaum erwarten zu spüren, wie du mich in deinem Inneren umfasst und ich auf diesen wundervollen Kurven gebettet bin.« Bei seinen Worten pulsierte sein Schwanz in der Jeans und bettelte darum, befreit zu werden. »Willst du das auch?«

Sie nickte. In ihren großen Augen stand die gleiche Begierde, die auch ihn erfasst hatte.

»Dann musst du mich das Licht anmachen lassen. Ich will dich deutlich sehen.«

Sie schluckte, und ihre Pupillen weiteten sich. Das war der entscheidende Moment. Entweder blieb sie, oder sie sagte: Rot. Bei dem Gedanken, dass sie gehen konnte, bevor er sie wirklich gehabt hatte, lehnte er sich innerlich auf.

»Licht?«, fragte er, ließ sich vom Bett gleiten und ging auf den Schalter an der Wand zu.

Ihr Nicken war fast unmerklich.

»Ich möchte hören, wie du es sagst.«

Ihre Augen wurden schmal, und ihm gefiel der Zunder, den er darin sah.

»Du kannst das Licht anmachen«, sagte sie schließlich, und er hörte den skeptischen Unterton in ihrer Stimme.

Doch er grinste. Sie hatte Komplexe – wer hatte

die nicht? –, aber sie hatte Rückgrat, und das gefiel ihm an ihr.

»Du wirst es nicht bereuen.« Er schaltete das Deckenlicht an und dimmte es für die Stimmung, allerdings nur so weit, dass er ihre cremefarbene Haut noch sehen konnte. »Du bist verdammt noch mal perfekt.«

Sie öffnete den Mund, vermutlich, um zu widersprechen, schloss ihn aber sofort wieder. Sie lernte schnell, das war gut, obwohl er nichts gegen weitere Bestrafungen gehabt hätte. Seine Hand kitzelte bei dem Gedanken, und sein Schwanz pochte zustimmend. Es war bedenklich, dass ihm mehr an ihrem Vertrauen lag als an dem Vergnügen, sie zu kontrollieren und zu bestrafen.

Er ging zum Bett und ließ sich neben ihr nieder, erfreut über ihr leises Seufzen, als er sich über sie beugte und den sexy Duft ihrer Erregung roch.

Eine Hand in ihrem Haar, fuhr er mit den Lippen ihren Kiefer entlang und atmete ihr betörendes leichtes Parfüm ein, knabberte sich an ihrem Hals hinab bis zu ihrem Schlüsselbein. Er schmeckte die salzige Note ihrer Haut, bevor er mit der anderen Hand an ihrer Flanke hochfuhr und eine ihrer wundervollen üppigen Brüste umfasste.

Als er mit dem Daumen über den Nippel fuhr, spürte er, wie er sich unter der Berührung noch weiter aufrichtete. »Bist du hungrig?«, fragte er und massierte die Knospe zwischen zwei Fingern.

»Sehr«, sagte sie, doch es klang mehr nach einem lang gezogenen Stöhnen, während sie sich auf dem Bett wand und an den Fesseln zerrte, die er nicht lösen wollte.

»Dann sollten wir essen. Aber ich möchte nicht meine Sachen bekleckern.«

Er ließ ihre Brust los, stand auf und begann sich zu entkleiden. Mit aufgeheizten Blicken verfolgte sie dabei anerkennend, wie er sein Hemd auszog. Er langte nach dem Knopf an seiner Jeans und zog den Reißverschluss auf, unter dem seine drängende, schmerzende Erektion wartete.

Sie sah zu, die Augen groß, der Mund geöffnet, und er fand es verdammt erregend, besonders als ihr ein leiser Seufzer aus tiefer Kehle entschlüpfte.

»Siehst du? Das Licht kommt nicht nur mir zugute.« Er umfasste seinen Schwanz und fuhr in langen Strichen daran auf und ab.

Ihre Pupillen weiteten sich noch mehr. »Du bist ein Verführungskünstler, Decklan Dare.«

Er war es bisher nie gewesen, vor ihr. »Das liegt an dir.«

Ein zufriedenes Lächeln spielte um ihre Lippen.

Er setzte sich neben sie und nahm die Schale mit dem Eis. »Kommen wir zum Essen.«

4

Amanda war noch nie von einem Mann gefüttert worden, geschweige denn gefesselt im Bett. Was Decklan tat, war also neu für sie.

Er hielt ihr einen Löffel zum Probieren hin. »Mund auf.«

Sie tat wie geheißen und wurde mit köstlichem kaltem Eis belohnt, das auf der Zunge schmolz. Es hatte etwas Dekadentes an sich, gefesselt und verhätschelt zu werden. Etwas Befreiendes. Sie machte sich nicht einmal mehr Gedanken über ihr Aussehen. Dafür hatte das heiße Glühen in seinen Augen gesorgt.

»Oreo?«, fragte sie und fuhr sich mit der Zunge über die Lippe.

Seine tiefblauen Augen folgten der Bewegung. »Cookies and Cream.« Er fütterte sie mit dem nächsten Löffel.

»Mmm.«

»Gut, oder?«

»Du solltest auch mal probieren«, sagte sie.

Ein durchtriebenes Funkeln trat in seine Augen. »Du hast recht.«

Er fuhr mit dem Finger in die Schale, holte einen Klacks Eis heraus und verstrich ihn kreisförmig um ihre Brüste, wobei er noch einmal nachholen musste.

Das kalte Eis auf ihrer Haut bildete einen exquisiten Kontrast zu dem Feuer in ihrem Inneren und der Hitze, die er verstrahlte. Er umfasste sie von der Seite und schleckte die Eiscreme genüsslich von ihr ab, wobei er sie mit seiner feuchten Zunge fast in den Wahnsinn trieb.

»Mmm.« Ihre Nippel prickelten, und ihre Klitoris pochte, das Verlangen wurde unerträglich.

»Ganz ruhig, Baby, wir sind gerade erst am Anfang.« Er griff nach der Schokosoße und träufelte sie auf ihre Brüste und die Brustwarzen.

Sie bog sich ihm entgegen und wand sich, denn ihr Körper schrie nach mehr. »Decklan, bitte.«

»Bitte was?« Er beugte sich zu ihr hinunter, saugte an ihrem Hals, knabberte überall, außer da, wo sie seine Berührung am dringendsten ersehnte. »Sag mir, was du willst«, befahl er.

Sie *wollte*, dass er ihre Brustwarzen in den Mund nahm, dass er zubiss und so fest daran sog, bis sie das Ziehen tief in ihrem Geschlecht fühlte. Und dann wollte sie seine sündhafte Zunge auf ihrer Klitoris spüren.

Aber darum bitten? »Ich kann nicht.«

Er packte sie beim Kinn und drehte ihr Gesicht zu sich. »Oh doch, das schaffst du. Ich kann nicht Gedanken lesen; wenn du willst, dass ich dir Lust verschaffe, musst du mir schon sagen wie.«

Sie befeuchtete sich die Lippen und atmete tief ein. Es war schwer. Aber ihn zu enttäuschen kam nicht infrage. Sie schloss die Augen und flüsterte: »Leck meine Nippel.«

»Bitte mich noch einmal darum. Und sieh mich dabei an.«

Er war ein strenger Meister, doch er verlangte nichts, was er nicht auch geben würde. Er wollte einzig ihr Vertrauen.

Sie schluckte. Zwang sich, die schweren Lider zu heben. »Lutsch meine Nippel.«

Er beugte sich hinunter und leckte leicht erst eine, dann die andere Brustwarze, aber die hauchzarte Berührung war nicht annähernd das, wonach sie sich verzehrte.

»Siehst du? Du musst mich nur darum bitten. Sag mir, was du willst, und vertraue darauf, dass ich deine Wünsche befriedige.« Seine Augen verdunkelten sich, und seine Worte gaben ihr den Mut, ihre Bedürfnisse auszusprechen.

Ihre Erregung, die Dringlichkeit und sein Versprechen ließen sie die Scheu überwinden. »Beiß zu. Saug fester. Erst an meinen Nippeln, dann …« Sie zögerte.

»Sag es«, befahl er barsch.

Sie konnte es. Sie musste, sonst bekam sie nicht, was sie brauchte, und sie brauchte ihn, diesen muskulösen Kerl, dessen Erektion lang und dick an ihrer Hüfte pulsierte. Bei der Aussicht, ihn in sich aufzunehmen, erzitterte sie, und feuchtes Verlangen überzog ihre Schenkel.

Er beugte sich über sie, und sein dunkles Haar war ein betörender Kontrast zu ihrer hellen Haut. Ohne Vorwarnung biss er sie in einen Nippel. Sie stöhnte, der scharfe Schmerz verwandelte sich schnell in Lust. »Fick mich«, rief sie aus und presste ihm flehentlich die Hüften entgegen.

»Das lässt sich einrichten.«

Er schob sich nach oben und brachte sich über ihr in Position, mit muskulösen Armen, ausgeprägten Brustmuskeln und einer sexy Furche, die sich zu seiner Lendengegend zog, wie ihr aufgefallen war, als er sich ausgezogen hatte. Es war offensichtlich, dass er Krafttraining betrieb. Zudem roch er so gut, wie er aussah. Sie schmolz für ihn dahin.

Er senkte den Kopf, umfasste ihre Brüste und schob die zwei Hügel zusammen. Sie war froh, dass er ihre Beine nicht gefesselt hatte, denn sie presste sie zusammen, um ihr pulsierendes Verlangen zumindest ein wenig zu lindern. Auf einmal saugte er eine Brustwarze ein und fuhr mit der Zunge um die geschwollene Spitze, bevor er mit den Zähnen daran zupfte, lang und fest.

Stöhnend legte sie den Kopf in den Nacken und zerrte an ihren Fesseln, die Mischung aus Lust und Schmerz erregte sie bis zur Besinnungslosigkeit. Er ließ nicht von ihr ab, leckte, neckte, biss erst einen Nippel, dann den anderen, pausierte nur, um auch den Rest der Brüste zu liebkosen. Mit jedem Zwicken ihrer angespannten Knospen pulsierte und pochte ihr Geschlecht.

Sie wand sich unter ihm, und die Laute, die ihrer Kehle entschlüpften, klangen selbst in ihren Ohren fremd. »Decklan, bitte. Bitte, bitte, bitte.« Offensichtlich war sie sich nicht mehr zum Betteln zu schade.

Er griff über sie, zog eine Schublade am Nachttisch auf und zog ein Kondom hervor, das er mit zitternden Fingern aus der Verpackung holte und überzog.

Es war ein wundervolles Gefühl, dass sie diesen großen Mann derart aus der Fassung bringen konnte. Sie wünschte nur, sie könnte die Arme um ihn schlingen, die sehnigen Muskeln in seinen Unterarmen und an seinem Rücken spüren. So erregend es war, gefesselt zu sein, der Wunsch, ihn zu streicheln und zu liebkosen, war stärker.

Er ließ einen Finger zwischen ihre feuchten Schamlippen gleiten. »Bist du bereit für mich, Baby?«

»Ja«, sagte sie, und es klang wie ein Zischen. Ihre Möse zog sich zusammen im sinnlosen Bemühen, seinen Finger nach innen zu ziehen.

Er neckte sie, quälte sie, und sie hielt es nicht mehr aus. »Ich will dich berühren.« Sie zerrte an den Fesseln. »Bitte binde mich los.«

Seine Augen trübten sich, als sie das sagte, doch sie ließ sich nicht beirren oder davon abhalten zu betteln.

»Ich muss dich streicheln, spüren, deinen Schwanz in meine Hände nehmen.«

Decklan senkte den Kopf und stöhnte. Verdammt, er war versucht, ihr nachzugeben. Das war neu. Auch andere Frauen wollten schon losgebunden werden, aber keine hatte ihn je erreicht. Nie hatte er den Wunsch geteilt, *ihre* Hände auf seiner Haut zu spüren, *ihre* Finger an seinem Schwanz. Wenn er mit einer Frau schlief, musste sie gefesselt und unter seiner Kontrolle sein. Eines war ihm klar: Wenn diese Frau die Arme um ihn schlang und Gefühle in ihm weckte, war er verloren.

Er unterdrückte den Impuls. Er konnte nicht nachgeben, nicht einmal bei dieser Frau, die ein heftiges Verlangen in ihm auslöste, das ihm ganz fremd war. Natürlich war es ein Hohn: Er führte sie an ihre Grenzen, und sie sprengte ihre Fesseln, sie führte ihn an seine, und er zog sich feige zurück.

»Ich … *kann nicht*«, sagte er und hoffte, sie verstand, wie tief er das empfand.

Die nächsten Sekunden herrschte Schweigen, und wieder fragte er sich, ob sie ihr Safeword verwenden würde und ging. Sein Herz hämmerte wie wild in seiner Brust und beschwor ihn nachzugeben, doch sein Verstand sagte Nein. Er durfte keine Gefühle zulassen.

Sie strich mit dem Bein an seiner Wade auf und ab und berührte ihn auf die einzige Weise, die ihr möglich war. »Okay, aber du beeilst dich besser und fickst mich«, sagte sie leichthin. Dabei wusste er, wie schwer ihr diese Bitte über die Lippen kam, besonders wenn sie wiederholt werden musste.

Er seufzte erleichtert. Doch indem sie seine Eigenart hinnahm, war etwas zwischen ihnen entstanden, etwas Warmes, fast schon Greifbares. Etwas, über das er lieber nicht zu genau nachdenken wollte. Er hatte schon bemerkt, dass sie eine Bedrohung für seinen sorgsam errichteten Schutzwall darstellte, aber immer mehr begriff er, wie gefährlich sie ihm werden konnte.

Er verscheuchte den Gedanken, umfasste seinen Schwanz und ließ ihn mit der ganzen Länge über die geschwollene Perle der Lust streifen, die verheißungsvoll lockte. Er neckte ihre Klitoris, bis sie am ganzen Leib zitterte und seine Erektion über und über benetzt war. Auf einmal konnte er keine Sekunde länger warten.

Er setzte an und drang in sie ein. Sie war so heiß, wie er erwartet hatte, so feucht, wie er sie gemacht hatte, und so verdammt eng, dass er nicht wusste, wie er es ganz hineinschaffen sollte, ohne auf der Stelle zu explodieren.

»Oh Gott, Decklan, du fühlst dich so gut an. So groß.«

Er lachte. Lachte tatsächlich, während er immer weiter vordrang. »Und du bist so eng, dass ich auf der Stelle kommen könnte.«

»Untersteh dich«, murmelte sie und zog sich um ihn herum zusammen – absichtlich, wie ihm schien.

Und als sie ihm in die Augen blickte und grinste, wusste er, dass er richtiglag.

»Verdammt, was tust du?« Sie war nicht nur heiß und üppig, sie war auch noch lustig. Wann hatte er je Spaß mit Frauen? Beim Sex? »Du kannst Gift drauf nehmen, dass du vor mir kommst.«

»Das will ich hoffen.«

Er verschloss ihre Lippen mit einem Kuss, dem ersten richtigen. Auch das tat er normalerweise nicht, da es eine Intimität bezeugte, die er nicht zuließ.

Bis jetzt.

Er stieß die Zunge in ihren warmen, wartenden Mund. Sie schmeckte nach Cookie und Schoko, einfach himmlisch, und sein Herz schlug schneller, als sie seiner Zunge mit der ihren begegnete. Unwillkürlich begann er, die Hüften zu wiegen, und sein Mund verschluckte ihr lustvolles Stöhnen.

Dann ging er ernsthaft ans Werk. Er stützte sich rechts und links von ihr ab, richtete den Oberkörper auf und zog seinen Schwanz aus ihr heraus, umgeben vom Sog ihres Inneren, bevor er sich wieder tief in ihrem feuchten Schlund versenkte.

Himmel, etwas wie sie hatte er noch nie gespürt. Was sie von anderen unterschied, wusste er nicht, und bald schon war es ihm auch egal.

Er nahm einen schnellen Rhythmus auf, und sie begegnete seinen Stößen, indem sie ihm die Hüften entgegenstemmte und ihn ganz in sich aufnahm. Er riss sich von ihrem Mund los und rang um Atem, nur um von ekstatischen Seufzern und Stöhnen begrüßt zu werden.

»Ja. Härter, bitte, härter«, beteuerte sie.

Ihr fiebriges Flehen vermengte sich mit seinem steigenden Begehren. Der kalte Schweiß stand ihm auf der Stirn, seine Eier zogen sich zusammen, er stand ganz kurz vor dem Höhepunkt, da bog sie plötzlich den Rücken durch und zog sich zuckend um ihn herum zusammen, als sie selber heftig kam.

»Oh Gott, Decklan, ja!«, schrie sie.

Als er seinen Namen hörte, stieß er immer wieder zu, um den Genuss für sie auszuweiten. Ihr Orgasmus zog sich endlos in die Länge, und er rang um Beherrschung, doch es ließ sich nicht aufhalten. Er kam und verspritzte alles in ihr, was er hatte, während sie von kleinen Nachbeben geschüttelt wurde. Schließlich brach er zusammen und sank auf ihren weichen, üppigen Körper, vollkommen aufgebraucht, und spürte ihren Atem im Ohr.

Sobald er konnte, rollte er sich von ihr herunter, löste ihre Fesseln und nahm sie in die Arme. Als er sie auf die Kissen bettete, rollte sie sich ein und schmiegte sich an ihn. Lange massierte er zärtlich ihren Rücken, ihre Arme und ihre Schultern, bis er sich sicher war, dass sie sich von der Fesselung erholt hatte.

Ein wenig später trug er sie ins Bad und unter die Dusche, um sie und sich selbst von allem Klebrigen zu befreien. Dabei erregte er sie aufs Neue. Er rubbelte sie trocken und brachte sie noch einmal zum Höhepunkt, bevor sie zusammen ins Bett fielen.

Er merkte, wie sie einschlief. Normalerweise wäre er jetzt aufgestanden, hätte sich einen Drink eingeschenkt und gewartet, bis er die Betreffende wieder wecken und wegschicken beziehungsweise nach Hause fahren konnte. Doch *normalerweise* lag plötzlich in der Vergangenheit.

Zum einen hatte er lange keine Frau mehr mit nach Hause gebracht oder ans Bett gefesselt, denn es hatte ihn keine mehr angesprochen.

Zum anderen war ihm nun klar, dass er auf sie gewartet hatte.

Sie raubte ihm den Verstand, und er wusste nicht, wie er damit umgehen sollte. Er durfte nicht zulassen, dass sich für ihn etwas änderte. Die Angst, die so tief in ihm saß, die lähmende Vorstellung, noch einmal Verlust und Ungewissheit zu erfahren, sorgte dafür, dass er sich zusammenriss.

Als Stunden später Sonnenlicht in sein Zimmer strömte und Decklan erwachte, machte er eine ernüchternde Entdeckung: Die Frau, die er beim Einschlafen in den Armen gehalten hatte, war fort. Er war allein.

5

Montagmorgen sah sich Amanda in Brads Büro um. Es sah aus, als hätte eine Bombe eingeschlagen. Eigentlich hätte sie an das Chaos gewöhnt sein müssen, doch es erstaunte sie immer wieder, wie ihr bester Freund unter diesen Umständen arbeiten konnte. Sie nahm einen der leeren Starbucks-Becher, die verstreut auf dem überfüllten Schreibtisch und den kaum sichtbaren Oberflächen standen, und warf ihn in den Müll.

»Das macht doch die Putzkraft«, sagte Brad, der in das Büro kam. Wie immer sah er nach sympathischem Computerfreak aus und nicht nach milliardenschwerem Software-Mogul, obwohl er das war.

Sein dunkles Haar fiel ihm in die Stirn und hätte längst einen Schnitt vertragen, dazu passend trug er zerrissene Jeans und ein Star-Wars-T-Shirt.

Amanda blickte auf und lächelte. »Ja, aber auf diese Weise hast du schneller Platz, um ihn wieder vollzumüllen.«

»Was wäre ich ohne meine persönliche Assistentin und beste Freundin?«, fragte er.

»Der Star unter den Messies vermutlich.«

»Wie gut, dass ich dich habe.«

Sie lachte. »Das kannst du laut sagen.«

»Du, jetzt ganz was anderes ...« Er kam zu ihr und nahm ihr den Papierstapel ab, den sie gerade zurechtschieben wollte. »Es ist jetzt über einen Monat her. Wann hast du vor, mal wieder in den Club zu gehen?«

Sie versteifte sich. Bisher hatte Brad hingenommen, dass sie sich über das Thema New York ausschwieg, und das war gut so. Sie hatte nämlich keine Lust, über *ihn* zu reden.

»Ich kann dort nicht mehr hin«, sagte sie und verscheuchte die Erinnerung an Decklan, die jedes Mal auftauchte, wenn sie einen Moment zum Nachdenken hatte.

»Aber du hast mir nicht gesagt, warum.«

Normalerweise erzählte sie ihm alles, was in ihrem Leben vorging. Wozu hatte man schließlich einen besten Freund? Noch dazu einen schwulen, bei dem nie Hormonstress oder verletzte Gefühle in die Quere kommen konnten. Aber seit sie sich vor über einem Monat aus der Wohnung von Decklan gestohlen hatte, plagten sie Gewissensbisse und die Erinnerung an jene Nacht, und ja, das Verlangen nach dem Mann, den sie zurückgelassen hatte.

Aber schlimmer als all das zusammen war ein

Bild, das sie einfach nicht losließ: der gequälte Blick von Decklan, als sie ihn gebeten hatte, ihre Hände loszubinden. Nachdem sie einen Eindruck von dem Schmerz bekommen hatte, der tief in ihm drin saß, hatte sie sich bereitwillig gefügt, denn kaum jemand verstand Grenzen und verletzte Gefühle so gut wie sie.

Ganz offensichtlich gab es einen Grund dafür, warum er Frauen fesselte. Irgendetwas fraß ihn innerlich auf. Wie gern wäre sie diejenige gewesen, durch die er sich davon befreite. *Dumm, dumm, dumm.* Sie hatte ihre eigenen Probleme, außerdem lag das Leben eines anderen Mannes in ihren Händen. Brad war ihr Freund, der beste, den sie je hatte, die Familie, die sie sich selbst geschaffen hatte. Ohne ihn wäre sie vermutlich nie so weit gekommen.

Sie konnte ihn nicht schutzlos den Geiern aussetzen, die sich um seinen Vater scharten, oder den Interessenvertretungen, die ihn finanzierten. Wenn Brads sexuelle Orientierung ans Licht kam, würde das gefährliche Leute verärgern. Sie durfte ihn nicht im Stich lassen, nur weil ihr dieser heiße Typ nicht aus dem Kopf ging, der sie eine schicksalhafte Nacht lang verwöhnt und ihr in die Seele gesehen hatte.

»Erde an Amanda.« Brads Hand legte sich auf ihre Schulter.

Sie zuckte heftig zusammen und bekam fast einen Herzinfarkt.

»Entschuldige. Aber wo warst du?«, fragte er besorgt.

»Ist nicht wichtig.« Sie wandte sich ihm zu und setzte ihr strahlendstes Lächeln auf. »Können wir jetzt zum Geschäftlichen kommen?«

Sein Blick war frustriert. »Amanda …«

»Nein. Ich will nicht darüber reden.« Um ihre Worte zu bekräftigen, nahm sie sich den nächsten chaotischen Stapel vor und schob die Blätter zusammen.

»Ich habe noch mal etwas nachgeforscht …«, sagte Brad.

Fassungslos riss sie die Augen auf. »Wie konntest du? Es war okay zu überprüfen, ob ich bei Declan sicher bin. Aber einfach so zum Spaß?« Sie zerknüllte den Stapel in ihrer Hand.

»Glaubst du ernsthaft, es macht mir Spaß, dich leiden zu sehen?«, sagte er beleidigt. Der Gedanke schien ihn zu verletzen. »Ich weiß doch, dass du ihn wiedersehen willst. Und vermutlich wirst du es irgendwann tun. Also musste ich ein bisschen mehr über ihn erfahren, als dass er ein anständiger Kerl ist und nicht aus einer Familie von Serienkillern kommt.«

Er grinste, um sie zu besänftigen. »Komm schon, du würdest dasselbe für mich tun. Natürlich nur, wenn du so gut hacken könntest.«

Sie verdrehte die Augen. Er war süß und meinte es nur gut, dennoch war sie sauer. »Sag mir nicht, was du herausgefunden hast.« Wenn sie etwas über Decklan erfuhr, dann nur von ihm selbst.

Er hob abwehrend die Hände. »Wie du willst.«

Das war das Problem. Was sie wollte, war, zurück nach New York zu gehen und im Club nach Decklan zu suchen.

Decklan saß im Club bei einem Drink und schmollte vor sich hin. Verdammt, es ließ sich nicht leugnen. Er hatte Zugriff auf die Daten einer ganzen Polizeibehörde, er hätte alles über Ms. Amanda Collins herausfinden können. Aber warum sollte er sich mit einer Frau abgeben, die einfach aus seinem Bett stieg und sich nicht mehr blicken ließ, und das nun seit über einem Monat?

Sicher, ein Argument war, dass er ihre leisen Seufzer und lustvollen Schreie nicht aus dem Kopf bekam, aber das bedeutete für Decklan nur, dass sein gewohntes Leben in Gefahr war. Schließlich hatte es ihn viel Mühe gekostet, immer die Kontrolle über alles zu behalten, damit er nicht den Verstand verlor. Dennoch hielt ihn das nicht davon ab, an den Wochenenden Dauergast im Club zu sein, in der Hoffnung, dass sie wiederkam.

Sein Handy klingelte, und er sah auf das Display. Ein Lächeln spielte um seine Lippen, obwohl er gleich etwas zu hören bekommen würde. »Hallo, Lucy«, begrüßte er seine Schwester. »Wie geht es dir?«

»Du hast nicht zurückgerufen!«, schimpfte sie. Lucy lebte zur Hälfte in Los Angelos. Bisher hatte sie bei ihren New-York-Besuchen immer bei Gabe gewohnt, doch seit ihr Bruder verheiratet war, blieb sie lieber bei Decklan. Ihr letzter Besuch lag allerdings schon eine Weile zurück.

Damals hatte sie mit Max gestritten, aber keiner wollte sagen, warum. Decklan zuckte die Schultern. Es ging ihn nichts an.

»Entschuldige, Lucy, ich hatte zu tun.«

»Leute verhaften? Ich bin mir nämlich nicht ganz sicher, ob Gabe dir schon die Sache mit Isabelle in Handschellen vergeben hat.« Sie kicherte ins Telefon.

Decklan verdrehte die Augen. Ja, er hatte Isabelle verhaftet, aber damals war sie noch nicht Gabes Frau gewesen, und es hatte Haftbefehl gegen sie bestanden. Ihr mieser Exmann hatte sie beschuldigt, sein Auto gestohlen zu haben. Nicht dass Decklan zu dem Zeitpunkt mit den Details vertraut gewesen wäre.

»Komm nicht wieder damit, Lucy. Das ist Schnee von gestern.«

Außerdem hatte er sich bei Isabelle mit einer Flasche Tums-Säureblocker entschuldigt und damit gleichzeitig seinen Bruder verärgert. Eine rundum gelungene Aktion, wenn man ihn fragte.

»Ist bei dir alles in Ordnung? Gabe meint, er hätte auch nichts von dir gehört.«

Decklan zwickte sich in die Nasenwurzel. Der einzige Nachteil an dem engen Verhältnis zu seinen Geschwistern war, dass Lucy sich manchmal besorgt gab und sich so in sein Leben einmischen wollte. Natürlich würden Gabe und er dasselbe tun, wenn sie den Eindruck hätten, dass bei ihr etwas nicht stimmte. Niemand würde Lucy verletzen, wenn es sich vermeiden ließ.

»Mir geht es gut.« Er mied nur fast alle Kontakte und überlegte, was er mit der Frau anstellen sollte, die zu ihm durchgedrungen war. Sie ging ihm einfach nicht aus dem Kopf.

Lucy schnaubte verächtlich, und Decklan hatte bildlich vor Augen, wie sie das Gesicht verzog.

»Tja, wenn du nicht bald aus der Versenkung auftauchst und wieder der gewohnte alte Miesepeter bist, komme ich persönlich vorbei und sehe nach dem Rechten.«

»Verstanden. Aber es gibt keinen Grund zur Sorge.«

Er ließ sich erzählen, was bei ihr so alles los war, danach verabschiedeten sie sich, und er versprach, sein Einsiedlerdasein bald wieder aufzugeben. Himmel, er liebte dieses Luder, dachte er und grinste.

Gerade steckte er sein Handy weg, da kam Max an die Bar und setzte sich auf seinen üblichen Platz. »Ich muss schon sagen, dafür, dass du deine Mitgliedschaft auslaufen lassen willst, bist du in letzter Zeit ganz schön häufig da.«

Max wusste genau, warum Decklan hier war, also gab es keinen Anlass zu antworten.

»Aber für den Fall, dass sie auftaucht, hast du wenigstens einen Plan, oder?«, sagte Max, aufdringlich wie üblich.

»Ich habe keinen blassen Schimmer, was ich dann tue.«

»Tja, das solltest du ändern.« Max klopfte ihm auf den Rücken. »Ich sehe gerade, dass Emmy zu mir rüber schielt. Ich werde sie daran erinnern, wer hier der Dom ist«, sagte er. »Warum suchst du dir nicht eine Sub und tust dasselbe?«

»Viel Spaß«, meinte Decklan nur. Er war nicht in der Stimmung – schon lange nicht mehr, aber besonders nicht seit *jener Nacht*. Seit Amanda.

Er sah sich um. Der Salon und die Einrichtung waren ihm vertraut. Das Andreaskreuz an der Wand war belegt, eine dunkelhaarige Frau zog Genuss daraus, Schmerz zu empfangen. Sein Blick glitt über sie hinweg. Eine Gruppe von Männern unterhielt sich, ihre Subs zu ihren Füßen. Ein kurzer Kontrollblick bestätigte, dass sie nicht darunter war. Seine Nerven lagen an diesem Abend ohnehin schon blank. Wenn er sie mit einem anderen sah, konnte er für nichts garantieren.

Er bestellte einen Glenlivet mit Eis und versuchte, die Nacht mit ihr herunterzuspielen. Sicher, die Chemie hatte bei ihnen gestimmt. Aber da war noch etwas anderes gewesen. Bei Amanda hatte sich Stärke mit Verletzlichkeit verbunden, auf eine ihm ganz neue Weise. Bei ihnen hatte alles gepasst, im Bett wie außerhalb. Er hatte Spaß mit ihr gehabt, etwas, das er sonst nicht mit Sex verband. Aber vor allem beunruhigte ihn, dass er versucht war, sich von ihr *berühren* zu lassen. Sie loszubinden, um ihre zarten Hände um seinen Schwanz zu fühlen, ihre Fingernägel am Rücken, damit sie die Arme um ihn schlingen konnte.

Scheiße. Was machte er hier? Für diese Intensität und Ernsthaftigkeit war kein Platz in seinem Leben.

Sie kam nicht mehr in den Club, das war ein Zeichen. Es war eindeutig Zeit zu gehen.

Er stand auf, schob den Barhocker zurück, drehte sich um und sah Amanda, die auf der Schwelle zum Salon stand. Zischend entwich die Luft aus seinem Mund. Sie ausgerechnet jetzt zu sehen, wo er sie aufgegeben hatte, war ein Schock.

In den vergangenen Wochen hatte er sich gefragt, ob er die Wirkung, die sie auf ihn gehabt hatte, in seiner Erinnerung überzeichnet hatte. Weit gefehlt.

Sie hielt den Kopf gesenkt und presste die Hände zusammen. Offensichtlich fasste sie Mut, um einzutreten. Bei ihrem Anblick spannte sich jeder Muskel in seinem Körper.

Schließlich hob sie den Kopf und sah sich um. Ihr Blick blieb an mehreren Stellen und Leuten hängen, genau wie seiner. Dann streifte er die Bar. Die Geräusche um ihn herum verstummten, die anderen

Gäste, das Licht, alles trat in den Hintergrund. Es gab nur sie.

Was es auch war, was sie verband – es war noch da.

Auf diesen Moment hatte er gewartet, nun war er gekommen. Decklan hatte sich noch nie vor einer Herausforderung gedrückt, und das würde sich auch jetzt nicht ändern.

6

Atmen, immer schön weiter atmen, sagte sich Amanda. Allein sein Anblick löste Panik in ihr aus, doch gleichzeitig war sie unheimlich erleichtert, Decklan zu sehen. Seine tiefblauen Augen streiften sie, und eine Sekunde lang fürchtete sie, er könnte sich von ihr abkehren. Sie würde zusammenbrechen, wenn er das tat.

Dann kam er langsam auf sie zu. Sie atmete auf. Nichts von ihrer Erinnerung an ihn oder die intensive Anziehung, die er auf sie ausübte, war übertrieben. Er war ähnlich gekleidet wie beim letzten Mal, in schwarzer Jeans und schwarzem T-Shirt, unter dem sich sein athletischer Körper abzeichnete. Sie war sich sicher, dass er Sport trieb, und sie wollte noch immer diese harten Muskeln berühren. Wenn er sie ließ.

Er kam auf sie zu und blieb erst stehen, als sie von seinem köstlichen Duft umfangen wurde. Sofort schalteten die entscheidenden weiblichen Körperregionen auf Alarmstufe Rot. Ihre Brüste verzehrten sich schmerzlich nach seinen Händen, seinem Mund, seinen Zähnen.

»Sag mir, dass du meinetwegen gekommen bist«, sagte er völlig ohne Umschweife.

Sie konnte es abstreiten und das Unausweichliche hinauszögern, aber was würde es bringen? »Das bin ich«, gab sie zu.

»Gibt es irgendeinen Grund, warum wir hierbleiben sollten?«, fragte er.

Sie schüttelte den Kopf.

Ein leises zufriedenes Knurren drang aus seiner Kehle. Er fasste sie am Ellbogen. »Gehen wir.«

Als er seinen üblichen dominanten Part übernahm, verfiel auch sie in ihre Rolle. Neben seinem Aussehen faszinierte sie das besonders an ihm. Er hatte keine Scheu, er selbst zu sein und ihr zu sagen, was er von ihr wollte. Das machte sie an. Sie spürte schon jetzt ein Ziehen zwischen den Schenkeln.

Außerdem wusste sie, dass er ein weiches Herz hatte. Er hatte seine Eltern in einem kritischen Alter verloren und hielt sich abseits so wie sie – das verband sie miteinander.

Der Club lag im Osten von Manhattan, diskret verborgen in einem Stadthaus, wo niemand einen Gedanken daran verschwendete, was darin vorging. Sie hatte sich noch nicht umgezogen und trug noch kein Lederoutfit. Sie konnten also einfach hinausspazieren.

Draußen empfing sie schwüle Sommerhitze, die von den Gehwegen aufstieg.

»Wohin gehen wir?«, fragte sie.

»Spazieren. Fürs Erste.«

Sie nickte und merkte, dass er langsam ging, damit sie Schritt halten konnte. Bald bogen sie auf die Fifth Avenue und gingen auf den südlichen Central Park zu, der ganz in der Nähe lag.

Die Luft war drückend schwül, wie so oft im Sommer in Manhattan. Viele Stadtbewohner flüchteten an irgendwelche Strände, aber Amanda störte es nicht. Sie war froh, bei dem Mann zu sein, der seit Wochen Gegenstand ihrer erotischen Fantasien war. Außerdem war sie erregt, schon seit der Sekunde, als sie seinem heißen Blick begegnet war, und die Hand, die jetzt auf ihrem Rücken lag, steigerte ihr Verlangen. Das Schweigen zwischen ihnen war so schwer und elektrisch geladen wie die Hitze.

Sie suchte nach einem Gesprächsthema, einer Möglichkeit, ihn ein wenig aus der Reserve zu locken, doch ihr fiel nichts ein. Wenn sie ihn drängte, mehr von sich zu erzählen, wollte er sicher dasselbe von ihr. Sie seufzte und unterdrückte ihren Frust darüber, dass sie nicht frei über ihr Leben bestimmen konnte. Aber sie hatte es sich selbst so ausgesucht. Sie schützte Brad, so wie er sie schützte, das war nur fair. Dennoch wollte sie möglichst viel aus ihrer Zeit mit Decklan herausholen. Das hatte sie sich verdient.

So vieles blieb unausgesprochen. So vieles würde sie für sich behalten müssen.

Als sie nach vorne sah, fiel ihr Blick auf eine Pferdekutsche. Schon als Kind hatte sie diese Kutschen im Fernsehen gesehen, in Werbespots für Weihnachtsferien in New York. Sie hatte sich immer gefragt, wie es wohl wäre, in einer zu fahren. Also löste sie sich von Decklans Arm und rannte auf das Pferd zu, ein wunderschönes Tier mit Scheuklappen. Der Kutscher stand daneben, und dahinter wartete eine große Kutsche mit Verdeck auf Fahrgäste.

Decklan holte Amanda ein und zog sie von dem großen Pferd fort.

»In so einer wollte ich schon immer mal fahren«, sagte Amanda, obwohl ihr bewusst war, wie touristisch das war. Es war ihr egal. Sie klatschte in die Hände und sah Decklan an. »Wollen wir eine Runde drehen? Bitte!«

Decklan musterte die Frau, die mit großen Augen zu ihm aufsah, und stellte fest, dass er ihr den Wunsch nicht abschlagen konnte. Das sollte etwas heißen, denn für gewöhnlich gab er sich nicht irgendwelchen albernen Launen hin oder unternahm Kutschfahrten und dergleichen.

»Okay.«

Sie klatschte in die Hände wie ein kleines Kind, und es gefiel ihm, eine andere Seite an ihr kennenzulernen. Bisher hatte er sie ja nur in ihrer Rolle als

Verführerin gesehen. Während sie vor Aufregung ganz zappelig war, vereinbarte er die Route mit dem Kutscher, zahlte für eine Verlängerung, und bald saßen Amanda und er zusammen hinten in der Kutsche. Ihr Lächeln, als die Kutsche anfuhr, war allen Aufwand wert.

»Es geht los.« Grinsend rückte sie näher. Als wäre er sich ihrer Gegenwart nicht ohnehin schon überdeutlich bewusst gewesen. Sein Schwanz stand aufrecht in die Höhe, seit sie im Club erschienen war.

Sie beugte sich nach vorne und betrachtete den Central Park bei Nacht. »Sieh dir die Lichter der Häuser in der Ferne an. Das ist so schön.«

Er hatte sich noch nie Gedanken über die Schönheit seiner Stadt gemacht, aber an ihrer Seite wurde sie ihm plötzlich bewusst.

»So etwas habt ihr in D. C. vermutlich nicht.« Es amüsierte ihn, wie fasziniert sie von diesem Anblick war, den New Yorker so selbstverständlich hinnahmen. Er betrachtete sich als Einheimischen, weil er hier geboren, aufgewachsen und aufs College gegangen war und nicht weit von Manhattan arbeitete, und er verstand nicht, was Lucy an L. A. fand. Ihm selbst gefiel das geschäftige Manhattan.

»Wir haben keine Kutschen in D. C.«, sagte sie. »Aber meine Eltern hätten mich ohnehin nicht fahren lassen.«

»Warum nicht?«

Sie zuckte die Schultern und rutschte auf der Bank hin und her. »Es ist kompliziert. Meiner Mutter wäre es nicht damenhaft genug. Die Pferde und die Kutsche wären ihr zu schmutzig.« Ihr Naserümpfen zeigte, was sie von dieser Einstellung hielt. »Bei ihr muss immer alles perfekt sein.«

»Dann muss sie sehr glücklich sein, eine Tochter wie dich zu haben«, sagte er. Noch nie hatte er jemandem so ein tolles Kompliment gemacht.

Ihr raues Lachen widersprach ihm. »Oh nein. In ihren Augen war … bin … ich eine bittere Enttäuschung. Als Kind und besonders als Mädchen.«

»Wie bitte?« Er war wie vor den Kopf gestoßen.

Sie seufzte tief, und er fragte sich, ob sie reden oder verstummen würde. Einerseits hätte er gern mehr gewusst, andererseits war es vermutlich besser für ihn, wenn sie das Thema wechselte. Es war riskant zu erfahren, was sie antrieb. Er war locker und gelöst und genoss diesen Abend, doch er ähnelte schon viel zu sehr einem Date, und er hatte sich nicht genug unter Kontrolle, um Distanz zu wahren.

Statt sich zurückzuziehen, ließ er die Hand in ihr volles Haar gleiten und umfasste ihren Nacken. Sie seufzte und neigte sich ihm zu. Sein Schwanz wurde hart, als dieses Geräusch aus ihrer Kehle drang.

Sie folgte seiner wortlosen Aufforderung und begann ohne Vorwarnung zu reden: »Sie meint, ich wäre zu dick, zu kurvenreich und nicht zart oder damenhaft genug. Sie ist der Auffassung, ich solle weniger essen und mehr Sport treiben.«

»So ein Scheiß.«

Seine rohe Ausdrucksweise ließ sie zusammenzucken.

Tja, Pech gehabt. Er hätte ihrer Mutter am liebsten den vermutlich spindeldürren Hals umgedreht, weil sie ihrer Tochter diesen Unsinn eingeredet hatte. Kein Wunder, dass Amanda heute mit Komplexen zu kämpfen hatte und er das Licht dimmen musste, wenn sie sich in ihrer Jugend diesen Unfug anhören musste. Und es war wirklich Unfug.

Denn ihre Rundungen waren Decklan als Erstes aufgefallen, noch vor dem hübschen Gesicht. Als Nächstes hatte er bemerkt, wie klug sie war, aber erst nach und nach ihre liebenswürdige Art, was ihn an ihr am meisten beeindruckte.

Verdammt. Er steuerte auf eine Katastrophe zu, doch er musste sie davon überzeugen, dass es an ihr nichts auszusetzen gab.

»Ich sage nur, wie es ist«, meinte er und wollte ihr erklären, was ihm durch den Kopf ging, wenn er sie ansah.

»Das ist nett von dir, aber ich bin noch nicht fertig: Sie findet außerdem, dass ich einen Mann ihrer Wahl heiraten und dann meinen Job aufgeben soll, um zu Hause zu bleiben und die gemeinsamen Kinder großzuziehen.«

Großer Gott. »Das sind ganz schön viele Erwartungen an eine Person.«

»Ich bin es gewöhnt.«

»Das bezweifle ich.«

»Egal, es spielt keine Rolle. Wir unterhalten uns nicht sonderlich oft.« Sie atmete lang gezogen aus und schüttelte den Kopf. »Ich habe keine Ahnung, warum ich dich damit belaste. Deswegen verbringen wir keine Zeit zusammen.«

»Nein, sondern?«

Sie lächelte. »Um Sex zu haben. Und Spaß. So wie bei dieser Kutschfahrt.«

Er widersprach ihr nicht.

Stille breitete sich aus, die Nacht umhüllte sie mit Dunkelheit, die Hufe klapperten auf dem Asphalt. Die Zeit verstrich in angenehmem Schweigen. Ja, er fühlte sich auf ganz niedere Art sexuell zu ihr hingezogen, aber da war noch etwas anderes. Der Eindruck von Stimmigkeit, der ihm Magengrimmen verursachte. Rohes Verlangen war ihm lieber als dieses zarte Gefühl, diese Wärme. Er wusste nicht, wie er mit den unerwarteten Gefühlen umgehen sollte, die sie so mühelos in ihm hervorrief.

»Ich würde gerne einmal auf einem Pferd reiten«, sinnierte sie laut.

Ein anderer, verdorbener Gedanke kam ihm in den Sinn. »Du könntest mich stattdessen reiten.«

Ihre Pupillen weiteten sich, Begierde leuchtete aus ihrer braunen Tiefe, und sie leckte sich die Lippen.

Der Anblick elektrisierte ihn und verstärkte sein Verlangen.

»Gern, aber nicht hier.«

Er gab ihr recht. Exhibitionismus hatte seinen Platz, aber nicht hier. Er hatte es nur gesagt, um sie zu necken, und es hatte funktioniert. Ihre Stimme senkte sich, ein leichtes Zittern durchzog sie, und ihre Brustwarzen stellten sich unter dem Seidentop auf.

»Wobei Sex in einer Pferdekutsche zugegebenermaßen skandalös wäre«, sagte sie, und ihr Lächeln war ansteckend.

»Aber es gibt andere Möglichkeiten.« Damit legte sie die Hand auf die Auswölbung in seiner Jeans, und sein Schwanz, ohnehin schon dick und bereit, erwachte zu neuem Leben.

»Fuck«, zischte er lang gezogen.

»Wir haben bereits festgestellt, dass das in dieser Kutsche nicht geht, doch es gibt andere Möglichkeiten. Ich sehe das so: Der Kutscher sitzt da oben … und hier liegt eine Decke.« Sie breitete sie auf seinem Schoß aus. Ihre Augen schimmerten voll Leidenschaft, und als sie sich die Lippen leckte, wusste er, was sie vorhatte.

Er hielt ihre kleine Hand fest. »Genug.«

Sein herrischer Tonfall ließ sie blinzeln.

Gut. Denn es war Zeit, dass er das Ruder an sich riss.

7

Amanda war den ganzen Abend wie ferngesteuert gewesen und hatte sich ganz von ihrem Verlangen leiten lassen – und dieses Verlangen war nicht nur sexueller Art. Wider besseres Wissen war sie ins Flugzeug nach New York gestiegen und auf direktem Weg in den Club gefahren. Beim Anblick von Decklan hatte sie sofort gewusst, warum sie gekommen war. Sie wollte wieder spüren, was er in ihr hervorrief. Dieses Gefühl, wenn sich ihr Magen vor Aufregung zusammenzog und sich all ihre Sinne schärften.

Sehen. Sie konnte nicht aufhören, ihn anzusehen, sein gebräuntes markantes Gesicht, die weißen Zähne, wenn er sich zu einem Lächeln herabließ, das kräftige Kinn und die Integrität, die sie tief in ihm spürte. *Hören.* Schauer überzogen sie, wenn sie seine tiefe Stimme hörte, seine rauchigen Befehle zogen sie in seinen Bann und machten sie feucht. *Riechen.* Mit jedem Atemzug roch sie einen potenten

Mann. Der herbe Duft, der ihm ganz eigen war, verursachte einen Tumult in ihrem Bauch. *Schmecken.* Die Erinnerung an seinen Kuss ließ ihr nachts keine Ruhe. Sie wälzte sich im Bett herum, ihre Nippel waren hart und verzehrten sich nach seiner Berührung, und ihre Möse wurde so feucht, dass sie sich selbst befriedigen musste, bevor an Schlaf überhaupt zu denken war.

Und *Spüren*. Oh Gott, wenn er sie berührte, ihren Nacken mit seiner starken Hand umfasste, schmolz sie dahin und war bereit, alles für ihn zu tun, auch wenn das hieß, vertrauliche Geheimnisse preiszugeben. Es machte sie schaudern, wie viel sie ihm schon von ihren Komplexen erzählt hatte, aber er benutzte dieses Wissen nicht gegen sie. Im Gegenteil: Ihm schienen die Dinge zu gefallen, die man immer an ihr bemängelt hatte.

Sein geduldiges Warten, dass sie seinen Befehl befolgte, sein Vertrauen darauf ermöglichten es ihr, sich ihm zu überlassen. Obwohl sie ihn gern länger erforscht hätte, obwohl sie seinen harten, dicken Schwanz umfassen, seine Länge ermessen, ihn letztendlich schmecken wollte, ließ sie von ihm ab und hob die Hand.

»Braves Mädchen«, sagte er in einem Ton, bei dem sie feucht wurde. »Und jetzt gib mir dein Unterhöschen.«

Sie blinzelte. Sie musste sich verhört haben.

»Gib mir deinen Slip.« Er hielt die Hand auf.

Sie schluckte, und ihre Schamlippen schwollen an. »Ich trage keinen.«

Er stöhnte heiser. Wenigstens war sie nicht die Einzige, die erregt war.

»Mach die Beine breit.«

Sie tat wie befohlen und öffnete die Schenkel. Zumindest trug sie einen kurzen Rock, der über den Knien endete und ihren Hintern von der Kutschbank trennte.

»Weiter«, befahl er.

Sie spreizte die Beine noch weiter.

Er legte die Decke über ihren Rock und schützte sie vor nicht vorhandenen neugierigen Blicken. Sollte sich der Kutscher umsehen, würde er wenigstens nicht Decklans Hand unter der Decke und ihrem Rock sehen, die Finger, die über ihre feuchten Schamlippen fuhren. Die rauen Fingerkuppen glitten über ihre empfindlichsten Stellen.

»Oh Gott«, stöhnte sie laut.

»Pst. Ich möchte dich nicht knebeln müssen.«

Sie knebeln? Hier?

»Wirst du leise sein?«, fragte er mit diesem bedrohlichen Unterton, bei dem ihr heiß und kalt zugleich wurde.

Sie nickte stumm.

Er küsste sie auf die Wange, leckte über ihre Halsschlagader und fuhr fort, ihr schlüpfriges Geschlecht zu bearbeiten. »Du bist wunderschön.«

Sie schüttelte den Kopf – aus Gewohnheit –, und

er zwickte ihre Klitoris. Der Schmerz ging ihr durch und durch.

»Nennst du mich einen Lügner?«, fragte er.

Sie schüttelte den Kopf. Ihre Augen brannten. Nicht weil er ihr wehgetan hatte. Nein, der Schmerz hatte sich fast umgehend in etwas Heißes, Süßes verwandelt. Etwas Gutes. Sie wusste auch nicht, warum sie plötzlich den Tränen nahe war.

»Glaube mir, was ich dir sage. Du siehst fantastisch aus. Willst du wissen, was mir als Erstes an dir aufgefallen ist? Deine Brüste«, fuhr er fort, ohne ihre Antwort abzuwarten.

Er suchte sich eine neue Position auf der Bank, legte die Hand über ihre Möse und rieb mit dem Handteller an ihrem Geschlecht, bis sie von Wellen eines wundervollen Gefühls auf eine andere, höhere Ebene getragen wurde. Sie schwebte wie auf einer Wolke, und seine große Hand verursachte kleine Beben des Verlangens, die sie in immer schnellerer Folge durchzogen.

Mit der anderen Hand langte er unter ihr Top und umfasste eine Brust mit festem Griff. »Sie waren so üppig und voll«, sagte er und zwickte sie in die Brustwarze, zog an der schon schmerzenden aufgerichteten Knospe. Ein kleiner feuchter Schwall ergoss sich aus ihrem Geschlecht in seine wartende Hand.

Er stöhnte anerkennend und schob einen Finger in die feuchte, heiße Höhlung, deren Wände sich um ihn zusammenzogen. Sie unterdrückte ein Seufzen. Und die ganze Zeit über redete er auf sie ein, und seine erotische Stimme lullte sie ein, bis nichts mehr zählte außer ihm und dem, was ihm gefiel, was er in ihr sah, und sie glaubte ihm.

»Sie waren so groß und rund«, sagte er, und die Blase zerplatzte. Der Gedanke an ihren Körper ernüchterte sie stets aufs Neue. »Sie quollen über die Korsage, sie waren wie gemacht dafür, dass ich sie streichle, lecke … und beiße.«

Er zwickte ihre Brustwarze, bis der Schmerz in ihre Möse fuhr, und das Verlangen wurde so tief, dass sie den Kopf zurückwarf und die Zähne zusammenbiss, um nicht zu schreien.

»Ich habe mich gefragt, ob deine Brustwarzen rosen- oder pfirsichfarben sind.« Er stieß einen zweiten Finger in sie. »Aber dann wurde ich von deinem Hintern abgelenkt. Diese Pobacken sind für meine Hände geschaffen. Ich wollte sie so roh anpacken, dass ich am nächsten Tag die Abdrücke meiner Hände darauf sehe und weiß, dass du mir gehörst. Weiß, dass ich in deiner feuchten Möse war und gespürt habe, wie du dich an mir gerieben und dich um mich zusammengezogen hast, als du gekommen bist.«

Während er sprach, drückte er immer fester gegen ihre Klitoris, und sie drängte seiner Hand entgegen und ließ die Hüften kreisen, um die Berührung zu verstärken. Er hielt sie nicht auf und schien sich nicht an ihrem überreizten Zustand zu stören, sondern kam ihrem Verlangen nach, indem er einen dritten Finger hinzufügte und noch härter zustieß. »Wie ich schon sagte, so verdammt schön.«

Sie wimmerte und rieb sich an seiner Hand, seine Finger füllten sie, ihre abgehackten Atemstöße waren laut in ihren Ohren. Seine Hand beschrieb kleine Kreise, und sie näherte sich dem Höhepunkt. Die frische Luft um sie herum, das Geklapper der Hufe, die Geräuschkulisse der Stadt, all das vermischte sich in ihrem Kopf.

»Oh Gott.«

»Ja«, presste er zwischen den Zähnen hervor. »So ist es gut. Reite mich«, flüsterte er verheißungsvoll in ihr Ohr. »Genau wie dieses Pferd, das du reiten willst. Nimm dir, was du brauchst.«

Sie wiegte das Becken auf und ab und rieb sich an seiner harten Hand, während sich der Druck aufbaute. So nah. »Ich komme!«

Als sie schreien wollte, hielt er ihr den Mund zu. Es war überraschend, aber nötig, um ihre Intimsphäre zu schützen, und gleichzeitig war es heiß und erotisch. Ihr ganzer Körper verlor sich in dem Gefühlstaumel und unter dem Druck seiner Hand auf ihrer Möse, und ihre Hüften beschrieben niemals endende Kreise. Sie kam, und der köstlichste Höhepunkt ihres Lebens riss sie mit sich fort.

Das Taxi, das sie nach der Kutschfahrt zurück zum Club brachte, war eine harte Prüfung für Decklan, während sich Amanda zufrieden an ihn kuschelte. Die Fahrt von Manhattan zu ihm nach Hause war noch schlimmer. Amanda döste auf dem Beifahrersitz und ließ ihn allein mit ihrem köstlichen Duft und einer Erektion, derer man sich annehmen musste. Und zwar bald.

Leider war der körperliche Schmerz nicht das Einzige. Damit hätte er leben können. Aber Amanda war das Unmögliche gelungen: Sie hatte seinen Schutzwall niedergerannt. Decklan hatte längst akzeptiert, dass das hier höllisch mehr war als ein One-Night-Stand. War es seinem Bruder mit Isabelle genauso ergangen? Wenn ja, verstand Decklan allmählich, wie sich der Einzelgänger Gabe verlieben, verloben und schließlich verheiraten konnte.

Amanda riss Grenzzäune ein, die Decklan errichtet hatte, um dahinter zu leben, zu atmen, die er brauchte, um einfach nur zu *sein*. Zumindest hatte er das immer geglaubt. Er brauchte die Kontrolle. Bei ihr kam sie ihm abhanden. Er wollte nicht, dass ihm außer seinen Geschwistern jemand nahestand, deshalb ließ er keine Frauen an sich heran. Doch Amanda hatte sich eingeschlichen. Sie bedeutete ihm etwas.

Er wollte das kleine Mädchen trösten, dem die Mutter so viele Komplexe eingeimpft hatte, und für die wunderschöne Frau da sein, die sie heute war. Obwohl sie die Wahrheit über sich nicht glauben oder annehmen wollte, und vielleicht machte das einen Teil ihres Reizes aus. Er verstand ihre Verwundbarkeit, weil er sie tief im Inneren selber spürte. Sie hatte Angst, dass niemand sie lieben konnte, wie sie war. Er hatte Angst vor der Liebe, weil er nicht noch einmal verlassen und zerstört werden wollte. Mit jeder verstreichenden Minute wuchs seine Angst, dass es zu spät war, dem Unausweichlichen zu entgehen.

Er parkte, weckte Amanda und legte den Arm um sie, während er sie zu seiner Wohnung führte. Ein älteres Paar fuhr mit ihnen im Aufzug, und Decklan biss die Zähne zusammen und schob Amanda vor sich, um seine deutlich sichtbare Erektion zu verbergen, die sich hart und einsatzbereit gegen den beengenden Jeansstoff presste und höllisch wehtat.

Sobald sich die Wohnungstür hinter ihm schloss, war Decklans Beherrschung dahin. Er hob Amanda auf und setzte sie auf den schweren Eichentisch im Esszimmer.

»Warum habe ich das Gefühl, dass dieses Möbel nicht für diesen Zweck gedacht ist?«, sagte sie mit einem sexy Grinsen.

Er zuckte die Schultern. »Keine Ahnung. Es ist doch ein Esstisch, oder?« Er schob ihren Rock hoch und zog sie an die Tischkante, teilte ihre Schenkel und hielt sie mit beiden Händen auseinander.

Ihre Schamlippen glitzerten verlockend, und er beugte sich herab und fuhr genüsslich mit der Zunge darüber.

Ein Beben durchzog sie. »Oh, Decklan.«

Sein Name aus ihrem Mund stellte seine Zurückhaltung auf die Probe, doch er hielt durch. Ihre Hüften drängten auf seinen Mund zu, und er knabberte an ihr, neckte sie, kostete von ihr, biss sie, brachte sie an den Rand der Ekstase – und hörte dann plötzlich auf.

»Bitte, nein. Nicht aufhören«, wimmerte sie und kämpfte zitternd gegen seinen festen Griff um ihre Beine an.

Er strich mit Nase und Mund an der Innenseite ihrer Schenkel entlang, dann ließ er sie lang genug los, um ein Kondom aus der Tasche zu ziehen. In einer fließenden Bewegung öffnete er seine Jeans und schob sie an den Beinen hinunter, dann zog er schnell das Kondom über und griff erneut nach ihren Beinen. Ein tiefer, bebender Laut drang aus ihrer Kehle und erfüllte ihn mit tiefster Befriedigung.

Er mochte es, sie festzuhalten, wurde ihm da klar. Er genoss die Macht, die er besaß, doch es war nicht dieselbe Art von Kontrolle, die er sonst anstrebte. Das hier befriedigte ihn aus einem anderen Grund, nämlich aus dem Wissen heraus, dass sie sich nach seiner Berührung verzehrte, nach *ihm* verzehrte, so wie er sich nach ihr.

Es war ein Verlangen, das auf Gegenseitigkeit beruhte. Und das war ihm zum ersten Mal wichtig. Der Drang, in sie zu stoßen, war stark, aber nicht so stark wie der ungewöhnliche Drang, sie noch einmal zu necken, mit ihr zu spielen und ihr Genuss zu bereiten. Er fasste seinen Schwanz mit einer Hand und führte ihn der Länge nach über ihr feuchtes, begieriges Geschlecht.

Sie sog zischend die Luft ein und bäumte sich unter seiner Berührung auf. Er ließ nicht locker, neckte ihre Klitoris, ließ seine harte Erektion immer wieder über den kleinen Knotenpunkt streifen, der ihr so viel Lust verschaffte.

»Das gefällt dir, oder?«, fragte er.

Ihre Antwort war ein Stöhnen.

Er lachte leise durch zusammengepresste Zähne und ließ seinen Schwanz über ihre Möse kreisen, drückte fester gegen sie, stimulierte sie, bis sie an dem Punkt war, an dem es kein Zurück mehr gab. Sie klatschte die Hände auf den Tisch, bäumte sich auf und erbebte, während leise Seufzer ihren Höhepunkt begleiteten.

So wollte er sie haben, völlig ihren Empfindungen ergeben, dennoch wartete er, bis die Beben nachließen, bevor er ihr Geschlecht mit den Fingerspitzen teilte und mit dem Schwanz in sie eindrang. Sie war glitschig und für ihn bereit, aber trotzdem eng. Er zog sich zurück und glitt erneut in sie hinein, genoss das Ziehen und Zerren, während er sich in ihr versenkte, bis er bis zum Ansatz in ihr vergraben war.

Er sah nach unten und bewunderte den Anblick, wie sie ihn umfasst hielt. »Sieh nur.«

Sie stützte sich auf die Ellbogen. Blickte hinab, voller Verlangen.

»Gut, was? Sieh zu.« Er zog seinen Schwanz langsam aus ihr heraus, und er war feucht von ihrer Erregung, dann stieß er erneut zu. Rein. Raus. Rein. Raus.

»Gott, Decklan. Ich spüre dich ganz.« Sie winkelte die Knie an, stützte die Füße auf den Tisch und stöhnte lustvoll, als ihn die Verlagerung noch tiefer hineinzog.

Scheiße, sie gab ihm den Rest. Seine Gefühle übermannten ihn, sein Körper stand in Flammen, die Zeit für Späßchen war vorbei.

»Halt dich fest, Baby.« Er packte ihre Hüften und bearbeitete sie mit hämmernden Stößen. Sie verrutschte auf dem Tisch, nur seine Hände hielten sie.

Hätte er auch nur eine Sekunde das Gefühl gehabt, ihr wehzutun, er hätte aufgehört, doch es waren lustvolle Schreie, und Scheiße, sie waren heiß. Sie bewegte sich nun immer schneller. Er würde nicht lang durchhalten, aber er wollte sie mitnehmen, wenn er explodierte.

Er war so verdammt nah dran, der Schweiß brach ihm aus, und er stieß zu, einmal, zweimal, und beim dritten Mal ließ er eine Hand zwischen sie gleiten und drückte auf ihre Klitoris. Mehr war nicht nötig. Sie erstarrte und zog sich um ihn herum zusammen, und er verspritzte alles, was sich angestaut hatte.

Während er von Nachbeben geschüttelt wurde und immer noch nach Atem rang, klammerte sie sich an seinen Handgelenken fest. Er hielt die Luft an und wollte sich instinktiv von ihrem Griff befreien.

»Oh Gott, ich komme noch immer.« Sie presste sich an ihn und krallte sich mit ihren kleinen Händen fest, sodass sich die Nägel in seine Haut gruben.

Und plötzlich waren ihm die Bedürfnisse dieser Frau wichtiger als all seine Hemmungen.

8

Amanda wachte auf. Sie war nackt und wundgescheuert, aber überglücklich. Ein heißer, sexy Mann, der sie mehrfach zur Ekstase gebracht hatte, lag schlafend neben ihr. Decklan hatte etwas so Starkes an sich. Sie fühlte sich ihm nicht nur körperlich verbunden, sondern auch auf einer tieferen Ebene. So sehr, dass sie ihm Dinge über ihre Kindheit und ihre Mutter erzählt hatte, die sie sonst niemandem verriet. Außer Brad, und das war schon lange her.

Sie wünschte fast … nein, sie schob den Gedanken von sich. Sie hatte dieses Wochenende für sich und wollte das Beste daraus machen, indem sie es genoss und sich nicht mit Dingen befasste, die sie nicht haben konnte. Zumindest nicht, ohne Personen zu verletzen, die ihr nahestanden.

Decklan rollte sich seufzend auf den Rücken, doch ein Blick verriet ihr, dass er noch schlief. Sein Profil war so markant wie im Wachzustand, aber im Schlaf hatte er etwas Verletzliches an sich. Diese Verletzlichkeit rührte sie an, weckte Gefühle und rief erneut den Wunsch in ihr hervor, mehr über ihn zu erfahren … was nicht fair war.

Also verscheuchte sie den Gedanken und wandte sich einem zu, der mehr Spaß machte. Er hatte seine Hälfte der Decke weggestrampelt und lag nackt vor ihren begierigen Augen. Seine Haut war leicht gebräunt, ein dunkler Flaum bedeckte seine Brust, und seine Muskeln waren beeindruckend. Ihr Blick wanderte nach unten. Eine dünne Bahn aus Haaren zog sich in tiefere Gefilde und führte zu einer imposanten, wachsenden Erektion – als würde er ihren Blick selbst im Schlaf bemerken.

Sie war versucht, sich auf ihn zu legen und ihn langsam zu wecken, sich dann nach unten zu schieben und ihn in den Mund zu nehmen. Sie seufzte bei dem Gedanken. Aber sie respektierte, dass er sich nicht berühren lassen wollte, also überlegte sie es sich anders und schmiegte sich stattdessen seitlich an ihn.

Für einen Moment legte sie die Wange auf seinen Unterarm, schloss die Augen und genoss, wie richtig es sich anfühlte, bei ihm zu sein. Dann küsste sie seine raue Haut und schmiegte den Kopf an seine Schulter.

Er regte sich, doch bevor sie ihn fragen konnte, ob er wach war, ging die Türglocke und schreckte sie beide auf.

Amanda rollte sich herum und lächelte ihn an. »Guten Morgen.«

Seine Augen wurden dunkler, als er sie ansah.

Es klingelte erneut.

»Oh Mann, wer klingelt denn so früh? Ich habe dieses Wochenende frei und will wirklich nicht gestört werden.«

Ein drittes Klingeln meldete, dass der Besuch nicht aufgab.

»Ich komm ja schon«, brummte Decklan, aber er bewegte sich nicht.

Seine Erektion zuckte.

»Jetzt doch noch nicht«, witzelte sie.

Er kletterte murrend aus dem Bett und zog sich eine Jogginghose an, die über einem Stuhl hing. Amanda betrachtete seinen kräftigen Rücken und seufzte.

»Bleib hier. Wer immer es ist, ich wimmle ihn ab und bin gleich zurück.«

Decklan ging an die Tür, verärgert über die Störung. Er hatte selten das ganze Wochenende frei, und bei den wenigen Gelegenheiten hatte er nicht die einzige Frau, die ihn interessierte, im Bett.

Er öffnete die Wohnungstür und knurrte: »Ich habe keine Zeit.« Es war ihm egal, wer vor der Tür stand.

»Begrüßt man so seine Familie?« Vor ihm stand sein Bruder Gabe und grinste, den Arm um seine Frau gelegt.

»Hallo. Und tschüss?« Isabelle wirkte verlegen.

»Nein. Jetzt, wo wir schon mal da sind, bleiben wir auch.« Gabe versuchte, sich an Decklan vorbeizuzwängen, und zog Isabelle mit sich. »Wir haben Neuigkeiten.«

»Und ihr konntet nicht anrufen?«, fragte Decklan und verschränkte die Arme vor der nackten Brust.

»Das wäre nur der halbe Spaß gewesen. Wieso bist du so mies gelaunt?«

»Wir haben ihn geweckt«, sagte seine hübsche Frau.

»Sie ist klug. Nicht sehr klug, sonst hätte sie dich wohl kaum geheiratet, aber sie hat die Lage erfasst.«

»Ich glaube, du bist nicht allein.« Gabe grinste und genoss es sichtlich, seinem Bruder auf die Nerven zu fallen.

Isabelle zog an seinem Arm. »Wir sollten gehen. Wir rufen dich später an und erzählen es dir.«

Decklan seufzte und trat zur Seite. »Nein, kommt rein. Ihr seid den ganzen Weg hier rausgefahren. Was gibt es?«, fragte er mürrisch.

»Du wirst Onkel«, sagte Gabe und legte die Hand auf Isabelles flachen Bauch. »Entschuldige, dass ich dachte, das würdest du lieber persönlich erfahren.«

Gabes Begeisterung war ein Segen und ein Magenschwinger zugleich für Decklan, der sich jeden Gedanken an eine eigene Frau und eigene Kinder verbot. Seine Familie bestand aus Lucy und Gabe. Über Isabelle hatte er sich gefreut, weil sie seinen

Bruder glücklich machte, allerdings drängte sie ihn natürlich auch an den Rand. Er hatte sich kaum Gefühle gestattet – Decklan zog es vor, gar nicht zu fühlen –, aber jetzt ein Baby? Sein Bruder würde bald seine eigene Familie haben – eine, zu der er nicht gehörte.

»Gratulation«, sagte er mit einer Mischung aus echter und gespielter Freude.

Was war er doch für ein Arschloch. Er wusste, was es für seinen Bruder bedeutete, er sollte sich mit ihm freuen. Um seine gemischten Gefühle vor Gabe zu verbergen, umarmte er Isabelle auf brüderliche Weise. Er musste die Neuigkeit erst verdauen, dann wäre alles in Ordnung.

»Danke.« Sie erwiderte die Umarmung. »Alles okay bei dir?«, flüsterte sie ihm ins Ohr.

»Alles gut. Ehrlich.«

Eine Hand legte sich auf Decklans Schulter und zog ihn von Isabelle weg. »Genug gekuschelt«, knurrte Gabe.

Decklan verdrehte die Augen, und Isabelle lachte. »Ganz ruhig. Decklan ist jetzt auch mein Bruder.«

Decklan grinste. Wenigstens konnte er Gabe genauso nerven wie umgekehrt.

»Hallo«, sagte Amanda.

Decklan sah sich um. Sie trug ein leichtes gelbes Sommerkleid, das sie wohl zusammengerollt in ihrer Tasche mitgebracht hatte, ansonsten war sie barfuß und ungeschminkt. Ihr Haar fiel offen über ihre

Schultern. Keine Trickserelen, keine Täuschung. Sie hatte noch nie so hübsch ausgesehen.

»Störe ich?«, fragte sie.

»Natürlich nicht.« Obwohl das nur die halbe Wahrheit war. Decklan stellte seinem Bruder nie irgendwelche Frauen vor, da sie ihm auch nie etwas bedeuteten. Aber das war diesmal anders. Als er Amanda jetzt ansah, bestätigte es sich. Nicht nur, weil er sie sexuell anziehend fand, sondern weil ihm die Verwundbarkeit in ihrem Blick ans Herz ging. Dabei hatte er gar nicht gewusst, dass er eines besaß, das der Erwähnung wert war.

Gabe musterte Amanda unauffällig und kam zweifelsohne zu seinen eigenen Schlüssen, während Isabelle abwechselnd Decklan und Amanda ansah und immer breiter grinste.

Decklan blieb nichts anderes übrig, als sie einander vorzustellen. »Amanda Collins, das sind mein Bruder Gabe und seine Frau Isabelle.«

»Hallo«, sagte Amanda schüchterner, als er erwartet hätte.

»Hallo!« Isabelle trat auf sie zu und hieß sie mit einem warmen Lächeln willkommen. »Schön, dich kennenzulernen.«

»Äh ... gleichfalls. Danke.« Amanda fuhr sich durchs Haar und war offenkundig verlegen.

»Gabe und ich wollten nicht stören, aber Decklan erzählen, dass er Onkel wird.« Sie tippte sich aufgeregt auf den Bauch.

Ihre Wangen leuchteten, sie strahlte regelrecht vor Glück, und langsam sprang die Freude auf Decklan über.

»Das ist toll!«, sagte Amanda mit zitternder Stimme. »Gratulation. Hört zu, ich sehe, was für ein wichtiger Moment das für die Familie ist. Ich rufe mir ein Taxi und lasse euch feiern. In ein paar Minuten bin ich weg.« Sie wandte sich ab und ging Richtung Schlafzimmer.

»Nein!«, riefen alle drei im Chor. Selbst Decklan erschrak.

Amanda blieb stehen und sah über die Schulter.

»Geh nicht unseretwegen«, sagte Gabe. »Ich freue mich zu sehen, mit wem mein Bruder …«

Ein schwungvoller Rippenstoß von Isabelle brachte ihn zum Schweigen.

Decklan warf seiner Schwägerin einen dankbaren Blick zu. Sein Bruder war wirklich unmöglich. Nur weil er auf einmal bereit war für Frau und Kind und einen weiß gestrichenen Gartenzaun, hieß das noch lange nicht, dass es Decklan genauso ging.

Dennoch konnte er nicht aufhören, an dieses winzige Ding zu denken, das da im Bauch seiner Schwägerin heranwuchs. Unglaublich, er wurde Onkel und Gabe Papa. Je länger er darüber nachsann, desto mehr freute er sich.

»Bleib«, hörte er sich zu Amanda sagen. Es war ein großer Moment in seinem Leben, und er wollte ihn mit ihr teilen.

Als ihm das bewusst wurde, wurde sein Mund ganz trocken. Hätte er die Wahl gehabt, hätte er Amanda sicher noch nicht mit seiner Familie bekannt gemacht, aber eigentlich freute er sich nun darüber und war froh, dass es passiert war. So kurz sie einander kannten, sie wurde ihm wichtig.

Er wollte nicht, dass sie jetzt ging, verlegen, weil sie über Nacht geblieben war. Außerdem wollte er auf keinen Fall auf seine wenige Zeit mit ihr verzichten. Es war klar, dass Gabe und Isabelle nicht so schnell gehen würden, also blieb nur eine Lösung.

Sie sah ihn an, als wollte sie ergründen, ob sie wirklich willkommen war.

»Bleib«, sagte er diesmal fester, um ihr zu zeigen, dass es ihm ernst war.

Sie stieß lang und geräuschvoll die Luft aus. »Okay, in Ordnung.«

»Wundervoll, das wäre geklärt. Hat jemand Lust auf Frühstück?«, fragte Isabelle, und ihre fröhliche Stimme unterband jedes Schweigen, das sich zwischen Decklan und Amanda ausbreiten hätte können.

»Isabelle, ich bin mir nicht sicher, ob sie Gesellschaft wollen«, sagte Gabe.

Sie winkte ab. »Unsinn! Oder, Decklan?«, fragte sie, bevor jemand antworten konnte. »Wir können in den Laden an der Ecke gehen, die haben die besten Rühreier. Und Speck. Und French Toast.«

Gabe hielt sich vor Lachen den Bauch.

»Was?«, fragte Isabelle beleidigt. »Ich muss für zwei essen.«

»Schatz, nichts tue ich lieber, als dir beim Essen zuzusehen.« Gabe lächelte sie verliebt an, und die ganze Szene war so verrückt, wenn man ihn davor gekannt hatte. Isabelle hatte Gabe zum Besseren verändert.

»Keine morgendliche Übelkeit?«, erkundigte sich Amanda.

Isabelle schüttelte den Kopf. »Eigentlich nicht. Nur manchmal ist mir etwas mulmig.« Sie sah Decklan an. »Wir haben es auf Eden bemerkt, bei der Eröffnung von Elite. Aber ich wollte es erst einmal niemandem sagen, bis wir sicher waren.«

»Dafür kann sie sich jetzt kaum zurückhalten, es jedem zu erzählen«, sagte Gabe und legte ihr schmunzelnd den Arm um die Schulter.

Decklan sah seinen Bruder und seine Schwägerin mit ganz neuen Augen. Nachdem er eine Frau kennengelernt hatte, die ihn länger als eine Nacht interessierte, war er sich nicht mehr so sicher, ob sein Bruder unter dem Pantoffel stand. Viel mehr faszinierte ihn die Dynamik zwischen den beiden. Der Gedanke, so viel zu empfinden wie Gabe, löste zwar Panik bei ihm aus, aber er musste ja nichts überstürzen. Er konnte abwarten, wohin die Sache mit Amanda führte.

»Ich freue mich für euch beide«, sagte Amanda, rieb sich dabei aber unbehaglich die Arme.

»Wenn wir das Haus verlassen wollen, müssen wir uns fertig machen«, meinte Decklan. Er wollte einen Moment mit Amanda allein sein, um sicherzustellen, dass die Programmänderung für sie okay war.

Im Schlafzimmer bemerkte Amanda, wie sehr ihr Herz klopfte. Seine Familie, damit hatte sie nicht gerechnet. Sie hatte einen Nachbarn vermutet, und als Decklan nicht wiederkam, wollte sie nachsehen, was ihn aufhielt.

Sein Bruder und dessen schwangere Frau. Jetzt würden sie alle zusammen frühstücken gehen. Das Ganze wurde kompliziert. Sie hatte eine belanglose Affäre mit Decklan, doch am nächsten Morgen die Familie kennenzulernen war ernst.

Sie wandte sich an Decklan. Sein Anblick traf sie wie ein Schlag, körperlich wie emotional, aber sie achtete nicht darauf. »Du solltest mit deinem Bruder und seiner Frau gehen. Sie haben Grund zum Feiern.« Sie nahm ihre Handtasche. »Wie gesagt, ich komme mit dem Taxi zurück.«

Er musterte sie mit einem unergründlichen Blick. Voller Unbehagen zog sie das Handy aus der Tasche und begann, nach Taxiunternehmen in der Gegend zu googeln.

»Tu's nicht.« Amanda fuhr zusammen. »Du solltest mitkommen.«

Sie blinzelte. »Was? *Warum*?«

»Erstens musst du etwas essen, und zweitens löchern sie mich vielleicht nicht ganz so gnadenlos mit Fragen, wenn du dabei bist.« Er zwinkerte ihr zu.

»Ich soll dich vor unangenehmen Fragen schützen?«, fragte sie und war froh über seinen unbeschwerten Ton.

Er zuckte die Schultern. »Außerdem bist du hübsch anzusehen.« Seine Augen wurden dunkel, als sein Blick an ihr hinabglitt.

Sie errötete, doch es war ein wundervolles Kompliment. »Dann sollten wir uns fertig machen«, sagte sie, bevor sie es sich wieder anders überlegen konnte.

Ein Frühstück mit seinen engsten Verwandten war nicht geplant gewesen, aber was konnte ein einziges Mal groß schaden, selbst wenn es familiär war? Sie schluckte, weil sie sich etwas vormachte. Natürlich konnte es schaden. Sie empfand schon jetzt zu viel für diesen Mann. Aus seinem Bruder wurde sie nicht schlau, aber Isabelle mit ihrer herzlichen Art war ihr sympathisch.

Ein gemeinsames Frühstück. Nicht mehr. Danach würden sie sich nie wiedersehen. Sie nickte entschieden, dann sprang sie unter die Dusche, wusch sich das Haar und band es zu einem feuchten losen Dutt zusammen, zog sich an und wusch sich das Gesicht. Sie hatte das ziemlich zerknautschte Baumwollkleid aus ihrer Tasche, sonst nichts. Kein Make-up, um sich etwas präsentabler zu machen, aber ihr blieb keine Wahl.

»Fertig?«, fragte Decklan und verschlang sie mit Blicken, wodurch sie sich schöner vorkam, als sie es je sein würde.

Sie musterte ihn. Unrasiert, nasses Haar, ausgeblichene Jeans und hellblaues Hemd, er sah wirklich sexy aus. Und weil er frisch aus der Dusche kam, roch er auch noch sexy. Zum Anbeißen.

Sie nickte. »Fertig.«

Er nahm ihre Hand und führte sie aus dem Schlafzimmer.

Zu ihrem Erstaunen amüsierte sie sich die nächsten Stunden wirklich gut. Es war nett mit Decklans Familie – zumindest mit Isabelle. Gabe zog es vor zu grübeln und eine Miene aufzusetzen, als könnte er Amandas Gedanken lesen und sehen, was sie verbarg. Doch seiner Frau gelang es in der kurzen Zeit, Telefonnummern mit Amanda auszutauschen, sie nach ihren Plänen für ihren nächsten New-York-Besuch zu befragen und ihr eine andere Seite von Decklan zu zeigen.

Isabelle und Decklan hatten sich auf interessante Weise kennengelernt. »Er hat dich nicht im Ernst verhaftet, oder?«, fragte Amanda, während die Männer darüber stritten, wer die Rechnung bezahlte.

»Oh doch.« Isabelle sah sie mit großen blauen Augen an. »Das war, als ich meinen Ex endgültig verließ. Ich hatte eine Videoaufzeichnung gefunden, wie er mich betrog«, sagte sie mit gesenkter Stimme. »Aber es war schon davor aus gewesen. Egal, jedenfalls bin ich im Regen mit meinem Mercedes losgefahren, und Lance, dieser Mistkerl, hat den Wagen als gestohlen gemeldet.«

Amanda starrte sie fassungslos an. »Wer macht denn so etwas?«

»Ein aufgeblasener Hurenbock«, schaltete sich Gabe in die Unterhaltung ein.

Isabelle bestätigte das mit einem Nicken. »Für mich hat sich das Puzzle erst nach und nach zusammengefügt. Wie sich herausstellte, war der Beamte, der mich verhaftete« – sie deutete auf Decklan –, »Gabes Bruder. Gabe kannte ich aus dem Country Club von meinem Ex. Jedenfalls tauchte Gabe auf, um Decklan zu besuchen, und ich war an den Schreibtisch gekettet …«

»Weil mein Bruder keine Ahnung hat, an welches Möbelstück man Frauen fesselt«, riss Gabe seinen ersten Witz.

»Oh doch, hat er!«, verteidigte Amanda ihren Liebhaber.

Doch dann wurde ihr bewusst, was ihr da herausgerutscht war, vor Decklans Familie, die sie gar nicht kannte. Ihre Wangen leuchteten feuerrot.

Gabe grinste, und Amanda sah zum ersten Mal, dass die Brüder das gleiche Lächeln hatten. »Schön zu hören, dass du es draufhast, Brüderchen.«

Isabelle knuffte ihn in den Arm und lächelte Amanda mitfühlend zu. »Sie sind wirklich unausstehlich.« Sie beugte sich näher zu ihr. »Aber im Bett machen sie es wett, nicht wahr?«

Gütiger Himmel. Amanda konnte nur mühsam nicken, während sich in ihrem Kopf alles drehte. Was hatten sie sich da gerade alle eingestanden? So etwas machte man unter Freunden. Im Familienkreis. Wie war sie da so schnell hineingeraten?

»Erzählen wir lieber zu Ende, was aus Isabelles Verhaftung wurde«, sagte Decklan und sah Amanda verständnisvoll an. Offensichtlich hatte er ihre Verlegenheit bemerkt und war selbst nicht angetan von seinem Bruder. Amanda war dankbar für den Themenwechsel.

»Letztlich hat sich alles geklärt«, sagte Isabelle. »Decklan hat mich mit einem Geschenk entschädigt.«

Amanda hob die Brauen. »Ja, wirklich?«

»Tums, gegen mein Sodbrennen«, sagte Isabelle und grinste.

»Schleimer«, brummte Gabe und verdrehte die Augen.

Das war offenkundig ein Insiderwitz, aber er zeigte, wie nahe sich diese Leute standen, und das erfüllte Amanda mit Wärme. Ihr Umgang miteinander war so anders als in ihrer gestörten Familie. Bei ihnen waren Meinungsverschiedenheiten nie lustig oder wurden scherzhaft ausgetragen, und ihre Mutter ließ keine Gelegenheit für eine abfällige Bemerkung aus.

Ihr Handy klingelte. »Entschuldigt«, sagte Amanda, zog es aus der Tasche und sah auf das Display. Es war ihre Mutter. »Hilfe, sie kann hellsehen«, sagte Amanda und wies den Anruf ab.

»Alles in Ordnung?«, erkundigte sich Decklan.

Sie nickte. »Nur meine Mutter. Das kann warten.«

Seine Augen wurden schmal, doch er sagte nichts.

»Und wollt ihr wissen, was es wird, Isabelle?«, fragte Amanda in einem verzweifelten Versuch, von sich abzulenken.

Isabelle griff sofort nach der Hand von Gabe. »Ich glaube schon. Damit ich das Kinderzimmer planen kann und die richtigen Strampler kaufe.« Ihre Stimme wurde vor Aufregung ganz hoch.

Und zum ersten Mal in ihrem Leben packte Amanda eine tiefe Sehnsucht.

9

Amanda und Decklan redeten nicht über seine Familie, aber er wirkte zufrieden nach dem Frühstück. Sein Bruder und dessen Frau fuhren ab, und sie verbummelten den Rest des regnerischen Tages mit Filmen auf Netflix wie ein ganz normales Paar. Das gab Amanda zu denken, denn die Zeit mit ihm war so schön, dass ihr der Abschied schwerfallen würde.

Er redete nicht über ihre bevorstehende Abfahrt, genau wie sie. Stattdessen ließen sie sich was zu essen liefern und vergnügten sich im Bett. Er fesselte sie ans Kopfende und verschlang sie mit gierigen Blicken, während er ihr einen Orgasmus nach dem anderen bescherte, ehe er sie mit seinem Schwanz ausfüllte. Bevor ihr Decklan begegnet war, hatten ihr Zufallsbekanntschaften gereicht, doch bei ihm spürte sie eine tiefere Verbindung, und die hatte sich noch verstärkt, nachdem sie seine Familie getroffen hatte.

Als die Sonne morgens in sein Zimmer fiel, betrachtete Amanda sein markantes Gesicht und prägte es sich ganz genau ein. Sie wünschte, sie wäre sich besser darüber im Klaren, was sie wollte. Brauchte. Stattdessen hatte sie ihn noch ein bisschen länger.

Sie beugte sich zu ihm hinunter und wollte ihn gerade mit einem gehauchten Kuss auf die Lippen wecken, als er mit einem Schrei aus dem Schlaf fuhr und sich ruckartig aufsetzte.

»Geht's dir gut?«, fragte sie und streckte die Hand nach ihm aus, aber er wich zurück und legte sich wieder hin.

»Ja. Ich habe bloß schlecht geträumt.« Er schien sich zu erinnern und verfiel in Schweigen.

»Kannst du darüber reden?« Würde er es tun?

Decklan blickte in das Gesicht der Frau, die wieder Gefühle in ihm geweckt hatte. Sie wartete geduldig und sah ihn voller Erwartung an.

Er war ihr nichts schuldig, erst recht keine Erklärung, dennoch begann er zu sprechen. »Ich habe von der Nacht geträumt, in der meine Eltern gestorben sind.« Diesen Traum hatte er seit Jahren nicht mehr gehabt. Angefangen hatte er mit neunzehn, nach dem schrecklichen Verlust.

»Es passierte auf der Heimfahrt von Gabes Abschlussfest am College. Wir waren in unterschiedlichen Autos unterwegs, weil ich noch mit Freunden ausgehen wollte. Lucy wollte vorne sitzen, deshalb fuhr sie mit mir, und Gabe blieb am College, um noch ein letztes Mal mit seinen Freunden zusammen zu sein.« Decklan schluckte, doch seine Kehle war staubtrocken.

Die Erinnerungen stürzten auf ihn ein, brannten in seiner Brust, machten ihm das Atmen schwer. »Hätte ich nicht ausgehen wollen, wären wir im selben Auto gesessen. Sie wurden von einem Sattelzug erfasst. Sie hatten keine Chance.«

»Oh Gott.« Amanda legte ihm die Hand auf die Schulter.

Er zuckte nicht zurück. Überraschenderweise war ihre Berührung tröstlich. »Damals habe ich jeden Halt verloren. In meinen Albträumen saß ich im Auto und wurde von den Trümmern erstickt. Ich schlug im Schlaf um mich und wachte schreiend auf.« Meistens schüttelte ihn Gabe, bis er schweißgebadet und völlig außer Atem erwachte.

Er stieß zischend Luft aus. »Gerade habe ich es wieder geträumt.« Er senkte den Kopf. Er wollte nicht an das beklemmende Gefühl erinnert werden, alles zu verlieren, wie er es damals empfunden hatte – und es in diesen schrecklichen Träumen erneut erlebte.

»Decklan?«, fragte Amanda, und ihre freundliche Stimme berührte etwas tief in seinem Inneren. Doch er wusste nicht, wie er mit so einem emotionalen Gespräch umgehen sollte, oder mit dem Tumult in seiner Brust.

»Möchtest du lieber allein sein?«, fragte sie in das Schweigen hinein, das sich über sie gelegt hatte.

Er nahm ihr Handgelenk. »Nein.« Sie würde ohnehin am Nachmittag abreisen, und beim Gedanken daran begann sein Herz zu rasen. Sicher wäre es einfacher, sie gehen zu lassen, aber er konnte es nicht. Er brauchte sie.

Dieses Eingeständnis riss ihn innerlich entzwei. Er verbot sich jeden weiteren Gedanken dieser Art und drehte sie flach auf den Rücken. Dann brachte er sich nackt und vollkommen erregt über ihr in Position und begegnete ihrem Blick. Ihre Lippen öffneten sich, ihre Augen waren glasig. Sie war dabei. Er biss die Zähne zusammen und drang tief in sie ein, wo sich ihre Enge um ihn zusammenzog. Unaufgefordert hob sie die Hände über den Kopf und hielt sich am Bettgestell fest, während er sie mit hämmernden Stößen bearbeitete. Sie schob ihm die Hüften entgegen und begegnete jedem Stoß, um ihn tiefer in sich aufzunehmen.

Er würde nicht lange durchhalten. Schon spürte er das vertraute Prickeln im Ansatz der Wirbelsäule, das den Orgasmus ankündigte. Aber er würde nicht alleine kommen. Er schob die Hand an ihrem Bauch hinab und zwickte ihren Kitzler. Sie warf den Kopf zurück und rief seinen Namen, dann verfiel sie in Zuckungen und bot einen fantastischen Anblick. Kurz darauf kam er selbst und verlor sich ganz in ihrem warmen, willigen Körper, und alle Gedanken an die Vergangenheit waren fürs Erste weggefegt.

Schwer atmend rollte er sich auf die Seite und zog sie an sich. Es fühlte sich gut an. Richtig.

»Decklan, nur damit du es weißt, ich nehme die Pille.«

Ihre Worte trafen ihn wie ein Donnerschlag und erschütterten ihn bis ins Mark. »Scheiße, daran habe ich gar nicht gedacht.« Er war so aufgewühlt gewesen, dass er alles vergessen hatte. »Es tut mir leid. Ich schwöre, ich bin sauber.«

»Der Club verlangt Tests. Ich weiß.« Das erklärte wohl, warum sie so viel cooler war als er. *Sie* konnte noch klar denken.

Sie strich über seine Wange. »Es ist nichts passiert.«

Doch ihm brach der kalte Schweiß aus. Er wusste, wie dumm und unverantwortlich er gehandelt hatte. Dafür, dass er für sich in Anspruch nahm, sich stets unter Kontrolle zu haben, hatte er vollkommen versagt.

Es gelang ihm zu nicken. »Okay.«

Dann lagen sie schweigend nebeneinander, und sein Herz klopfte wie verrückt. Der Albtraum und seine Fahrlässigkeit von eben quälten ihn.

»Hey.« Sie schmiegte sich an ihn, und er schloss die Arme um sie. »Ich bin da.«

Das wusste er. Vielleicht konnte er deswegen noch einmal einschlafen. Später wachten sie endgültig auf und duschten in stiller Übereinkunft getrennt voneinander, weil sie beide hungrig waren und etwas essen mussten, anstatt miteinander herumzumachen. Keiner erwähnte den Albtraum, wofür er dankbar war.

Während sie im Bad war, speicherte er seine Nummer auf ihrem Handy und nahm ihre Nummer in seine Kontaktliste auf. Decklan war jetzt klar, dass er an ihr interessiert war, er wollte nicht wieder einen Monat lang warten, wenn sie erst einmal nach D. C. zurückgekehrt war, und sich in dieser Zeit zu viele Gedanken machen.

Sie gingen in das Restaurant vom Vortag und bestellten Frühstück. Amanda entschuldigte sich, verschwand in der Damentoilette und kam in dem Moment zurück, als der Kellner ihre Bestellung brachte.

Während sie auf ihn zukam, konnte Decklan einfach nicht den Blick von ihrem sexy Hüftschwung lösen. Es hatte ihn böse erwischt, so viel stand fest. Vielleicht lag es daran, dass Gabe und Isabelle sie so bereitwillig akzeptiert hatten, oder daran, dass Amanda so gut mit ihnen ausgekommen war, jedenfalls war die Sache besiegelt. Sein Verhältnis zu ihr war nicht mehr unverbindlich. Gar nicht.

Sie nahm ihr Schokocroissant, biss hinein, schloss die Augen und seufzte genüsslich. »Köstlich.«

Er grinste. »Du bist süß.« Er wischte ihr etwas Schokolade von der Unterlippe.

Ihre Lider flatterten, und ihre Augen verdunkelten sich, als er sie berührte. Dann schoss ihre Zunge hervor und leckte seinen Finger.

Funken bohrten sich in seine Lenden. »Du spielst mit dem Feuer, ist dir das klar? Wir sind hier in der Öffentlichkeit, und du bist verschämter als ich.«

Sie räusperte sich. »Das war ein Impuls.« Sie hob die Schultern zu einem kleinen Achselzucken.

Er stöhnte und rutschte auf seinem Stuhl herum, seine Jeans war plötzlich ungemütlich eng. »Ich mag es, wenn du impulsiv bist.« Er machte eine kurze Pause, dann fügte er hinzu: »Ich mag dich.«

Ihre Wangen röteten sich, und sie sah zur Seite.

Okay, sie war also noch nicht bereit, das versetzte ihm einen Stich. Er musste sie erst dorthin führen, doch das würde ihm gelingen, kein Zweifel. Das zwischen ihnen war etwas Besonderes.

»Erzähl mir von deinem Leben in Washington«, wechselte er das Thema.

Sie entspannte sich, und ihre eingezogenen Schultern senkten sich wieder, als sie das Kinn auf die Hand stützte, um ihm über ihr Leben in Washington D. C. und ihre Freunde zu Hause zu erzählen, besonders über ihren besten Freund, mit dem sie zusammenarbeitete.

Decklan freute sich, dass sie etwas von sich preisgab, und hörte aufmerksam zu.

»Ich bin seine persönliche Assistentin, sein Mädchen für alles, wie man es auch nennen will. Wenn er ganz in die Arbeit versunken ist, muss ihn jemand daran erinnern, zwischendrin etwas zu essen, eine Pause zu machen oder sogar abends heimzugehen.« Sie schüttelte den Kopf und lächelte, als sie an ihn dachte. »Er war schon immer wie ein zerstreuter Professor.«

Decklans Magen zog sich zusammen, als sie in diesem warmen Ton von ihm sprach. »Er ist nur dein Chef?« Er brauchte die Gewissheit.

Sie hob den Blick, verwundert über seine Frage. »Wir kennen uns schon lang – noch von der Uni.«

»Und er hat nie Annäherungsversuche gemacht?« Denn nur ein toter Mann konnte mit Amanda zu tun haben, ohne etwas von ihr zu wollen.

Sie brach in Lachen aus, hörte jedoch ernüchtert auf, als Decklan nicht mit einfiel.

Sie rümpfte die Nase, und ihr Blick wurde streng. »Wenn ich es nicht besser wüsste, könnte ich meinen, du wärst eifersüchtig.«

»Was sollte ich denn sonst sein?«, fragte er und merkte plötzlich, wie wenig er sie mit anderen teilen wollte.

Sie riss die Augen auf. »Du kannst nicht … Wir können nicht …«

»Doch.« Decklan konnte sich einfach nicht bremsen und wollte es auch nicht. »So etwas« – er deutete abwechselnd auf sie und auf sich selbst – »passiert nicht jeden Tag. Glaub mir, ich weiß das.« Er hatte sich noch nie einer Frau verbunden gefühlt, geschweige denn so tief empfunden wie für sie, und das nach dieser kurzen Zeit. Das würde er sich nicht entgehen lassen, nur weil sie Zweifel hegte. Wenn es ihm gelang, seine Ängste zu überwinden, dann konnte sie das auch. Er würde ihr dabei helfen.

Sie nahm ihren Kaffee und trank einen Schluck. Ihre Hände zitterten heftig.

»Es geht vielleicht etwas schnell, aber empfindest du denn nicht dasselbe?«, fragte er. Ihm war klar, dass er sie bedrängte, vielleicht zu sehr, doch das war ihm egal.

Sie knallte ihre Tasse auf die Untertasse. »Das kann ich nicht. Es ist kompliziert, und ich muss jetzt gehen.« Sie schnappte ihre kleine Tasche, stand auf und eilte zur Tür.

»Verdammt.« Er warf etwas Geld auf den Tisch und lief ihr hinterher.

An der nächsten Ecke holte er sie ein. Sie hatte gerade ihr Handy herausgeholt und wählte.

Er packte sie beim Arm. »Was ist hier los?«

Sie wirbelte herum und sah ihn an, ihre Augen waren groß und erschrocken. »Das mit uns sollte unverbindlich sein und Spaß machen. Keine Verpflichtungen. Mittlerweile habe ich deine Familie kennengelernt, und du fängst davon an, dass es mehr ist.«

»Die Dinge haben sich geändert«, presste er hervor und ließ sich von seinem Frust überwältigen. »Oder täusche ich mich?«

Er wartete auf ihre Antwort und kämpfte gegen die Verlustangst an, die ihn wie immer gefangen hielt. Ein Teil von ihm beklagte, dass er sich ihr geöffnet hatte und sie ihn abwies, sodass er wieder allein im kalten Wind stand, der versuchte, sein Herz zu umschließen.

Ihre Schultern fielen ein, und sie schüttelte den Kopf. »Nein, du täuschst dich nicht«, flüsterte sie. »Mir geht es genauso. Aber ich … muss nachdenken. Ich brauche Zeit.«

Er stieß die Luft aus, die er angehalten hatte, ohne es zu merken. Er fragte nicht, wie viel Zeit. Auch wenn es ihm schwerfiel, er würde ihr den Spielraum lassen. Es war besonders schmerzlich, weil sie in zwei verschiedenen Städten lebten. Doch er wollte herausfinden, was sie so verschreckt hatte. Und Wege finden, die Probleme zu bewältigen.

10

In der Woche darauf vergrub sich Decklan in der Arbeit, um sich mit den Sorgen und Nöten anderer von seinen eigenen Problemen abzulenken. Jetzt, an seinem freien Donnerstag, traf er sich mit seinem Bruder in Gabes Lieblingsfitnesscenter. Normalerweise hatte er nach ein paar Basketballkörben alle Anspannung vergessen, doch das war diesmal anders.

Amanda war auf Tauchstation gegangen. Decklan hatte zwar ihre Handynummer, aber er war sich nicht sicher, wie sie auf seinen Anruf reagieren würde. Außerdem wusste er nicht, wie er sie dazu bringen sollte, es sich anders zu überlegen und es mit einer echten Beziehung zu versuchen.

Er wischte sich den Schweiß mit einem Handtuch von der Stirn und warf es auf die Bank vor seinem Spind, dann kämpfte er mit der Schlüsselkarte und dem Zahlenschloss. Es kostete ihn drei verdammte Versuche, bis er den Spind geöffnet hatte.

Seine Gedanken kreisten permanent um diese

Frau, so etwas war er nicht gewohnt. Er vermisste sie. Auch das war ein fremdes Gefühl. Ihr Geruch hing noch an seiner Bettwäsche, und noch nie hatte er sich allabendlich so auf das Schlafengehen gefreut wie jetzt. Er konnte sich einfach nicht entscheiden, ob er sie stärker bedrängen oder ihr mehr Freiraum lassen sollte. Er hatte sogar schon einen Überraschungsbesuch in Erwägung gezogen, doch er wusste nicht, wo sie wohnte. Natürlich ließ sich das herausfinden, aber das würde sie vielleicht als Eindringen in ihre Privatsphäre empfinden und endgültig in die Flucht schlagen. Er wollte ihr keinen weiteren Grund geben, vor ihm davonzulaufen, dabei wusste er nicht einmal, was sie so verschreckt hatte.

»Hast du etwa deine Tage?« Gabe ließ das Handtuch nach ihm schnalzen, wie er es schon als Kind gemacht hatte.

»Halt den Mund.« Decklan war nicht in der Stimmung für Gabes Scherze. Vielleicht verhielt er sich ja wirklich wie ein Mädchen. Mist.

»Hat deine Laune etwas mit Amanda zu tun?«, fragte Gabe und stellte einen Fuß auf die Bank zwischen den Spinden. »Sie hat einen sympathischen Eindruck gemacht. Ich erlaube mir kein Urteil, weil ich sie nicht lang genug kenne. Aber das wird sich wohl bald ändern, nachdem Isabelle mit Amanda ausgemacht hat, bei ihrem nächsten Besuch mit ihr shoppen zu gehen.«

»*Wie bitte?*« Wie konnte Isabelle mit Amanda in Kontakt stehen, wenn er es nicht tat?

Gabe lachte. Decklan hatte nicht bemerkt, dass er den letzten Teil laut ausgesprochen hatte.

»Offensichtlich haben die beiden Nummern getauscht, als wir nicht aufgepasst haben. Und weil Isabelle Amanda für die Auserwählte zu halten scheint, möchte sie sie besser kennenlernen.« Gabe zuckte die Schultern. »Dabei sieht es dir gar nicht ähnlich, dir von irgendeiner Schnitte den Kopf verdrehen zu lassen.«

Decklan schwirrte der Kopf, doch er folgte seinem Bruder noch so weit, dass er auf seinen blöden Kommentar reagieren konnte. »Amanda ist nicht irgendeine Schnitte«, blaffte er.

Eben das war das Problem, schon seit er sie das erste Mal bemerkt hatte.

Gabe lachte leise. »Ist mir aufgefallen.«

»Du warst schon immer von der schnellen Sorte«, murmelte Decklan.

Er selbst nahm sich mehr Zeit und dachte nach, bevor er zur Tat schritt. Dennoch brachte ihn Amanda schon nach dieser kurzen Zeit dazu, seine Grundsätze zu überdenken. Was ihm bislang genügt hatte, reichte plötzlich nicht mehr aus. Er wollte sich nicht mehr von seiner Verlustangst hemmen lassen. Er wünschte sich mehr als sein einsames Dasein, das er bisher bevorzugt hatte.

Scheiße, er wollte das, was Gabe und Isabelle hatten, etwas, das Decklan bei dem kurzen Frühstück mit den beiden und Amanda entdeckt hatte.

»Was hat sich für dich geändert?«, erkundigte sich Gabe.

Er machte nie viele Worte und überließ Decklan die Auslegung seiner Frage, sodass er antworten konnte, wie es ihm beliebte.

Decklan ließ sich auf der Holzbank nieder, und Gabe setzte sich neben ihn. Er dachte daran, welchen Lebensstil er gewählt hatte, dass er nie Freundinnen hatte, wie er das erste Mal in einen BDSM-Club gegangen war und einen Hang dazu bei sich entdeckt hatte. Nicht dass er seinem großen Bruder davon erzählt hatte.

»Nach dem Tod von Mom und Dad wollte ich nie mehr die Kontrolle über meine Gefühle abgeben.« Und mehr.

Gabe nickte. »Verstehe ich. Ging mir genauso.«

Wie Decklan wusste, hatte es Gabe einmal mit der Ehe versucht und war kläglich gescheitert. Danach hatte er sich Frauen gesucht, die er unmöglich lieben konnte, und ließ in seinen Beziehungen keine Nähe zu. Bis Isabelle kam.

»Seine Gefühle kontrollieren zu können ist eine tolle Sache. Bis du erkennst, dass du dich nachts nicht daran wärmen kannst. Genauso wenig wie an Frauen, die du ankettest und nie an dich heranlässt«, fügte Gabe wissend hinzu und zwang Decklan, ihm in die Augen zu sehen.

»Ich hätte nie gedacht, dass wir das gemeinsam haben«, sagte Decklan, der es immer noch nicht fassen konnte.

»Wir haben nie darüber geredet.« Gabe zuckte die Schultern. »Glaubst du, ich wusste nicht, dass du die gleichen Kontrollprobleme hast wie ich?«

»Mir war nicht klar, dass wir auf die gleiche Weise damit umgehen.«

Gabe neigte den Kopf. »Warum nicht, wenn es funktioniert. Doch irgendwann tut es das nicht mehr. Hast du immer noch diese Träume?«

Decklan stöhnte bei der Erinnerung an das vergangene Wochenende. »Es fängt gerade wieder an.«

»Das liegt an ihr. Sie ist zu dir durchgedrungen. Durch sie bist du wieder verwundbar, so wie nach dem Tod von Mom und Dad.«

Decklan schauderte bei der Erinnerung. »Wie kommt es, dass du diesen Scheiß so leicht durchschaust?«

»Ich bin älter. Klüger. Ich habe viel durchgemacht, bis ich es überwunden hatte.«

Decklan bewunderte seinen Bruder ehrlich. »Und wie ist dir das gelungen? Wie hast du es überwunden?«

»Als Isabelle einmal zu mir durchgedrungen war, war es um mich geschehen. Mein Problem war, sie zu halten. Das ist bei dir ähnlich, habe ich recht?«

Decklan nickte. »Wie hast du Isabelle rumgekriegt?«

»Das war eine andere Situation. Ich musste Isabelle zeigen, dass ich ihr nicht die Luft zum Atmen nehme und sie bei mir unabhängig sein kann. Dann musste ich sie ganz an mich ranlassen. Aber bei dir ist das anders. Deine Freundin wohnt in einer anderen Stadt.«

»Sie gibt nichts von sich preis.« Was hieß, dass sie ihn auf Abstand hielt und keine Gefühle zuließ.

Gabe stand auf und ging in der leeren Umkleide auf und ab. »Meinst du, dass sie etwas verbirgt? Ich kann alles rausfinden, was du wissen möchtest. Dann kannst du das Problem beseitigen.«

Decklan verdrehte die Augen. »Ich bin Cop. Das kann ich selber. Aber ich glaube nicht, dass sie mir etwas Wichtiges verschweigt. Sie hat einfach Probleme. Wer hat die nicht?«

»Dann häng dich rein. Drück auf die Tube. Sieh zu, ob du sie für dich gewinnen kannst. Wenn das nicht funktioniert, zieh dich zurück und warte, bis sie von selbst kommt.« Er machte eine Pause. »Und wenn das auch nicht funktioniert, hole ihr die Sterne vom Himmel.« Gabe grinste und schlug schon wieder mit dem verdammten Handtuch nach Decklan.

Decklan sprang auf und wich rechtzeitig aus. »Mit anderen Worten, versuche es mit allen Mitteln?«

Gabe grinste. »Du hast es erfasst.«

Decklan wusste nicht, welchen Ansatz er zuerst probieren sollte. Er hatte sie neulich verschreckt, als er die Regeln übertreten hatte. Na und? Er war selbst darüber erschrocken. Nachdem er jetzt wusste, was er wollte, scheute er keine Risiken.

Und das größte war vielleicht Amanda selbst.

Amanda vereinbarte Brads Rede bei einer nahenden Konferenz und trug den Termin sowohl online als auch von Hand in die Kalender ein. Sie hatte eine ellenlange To-do-Liste abzuarbeiten und war nicht richtig bei der Sache. Aber wie auch?

Decklan ging ihr einfach nicht aus dem Kopf. Dieser verstörte Mann, der seine Eltern verloren hatte und sich hinter dicken Mauern verschanzte. Und der Mann, der ihr ans Herz ging, weil er ihr sein Vertrauen geschenkt und sich ihr geöffnet hatte. Er wusste, wie er sie körperlich anpacken musste, aber die Wahrheit war, dass auch ansonsten die Chemie zwischen ihnen stimmte …

Ihr Handy riss sie aus ihren Gedanken, und sie ging dran, ohne auf das Display zu sehen. »Hallo?«

»Guten Morgen, Sonnenschein.«

Amanda wurde augenblicklich warm, als sie die tiefe sexy Stimme von Decklan hörte. Dann setzte ihr Herz kurz aus. »Wie bist du an meine Nummer gekommen?«

»Ich habe meine Methoden. Ich wollte nicht, dass du wieder für einen Monat verschwindest.«

Sie zögerte, dann sagte sie: »Ich bin froh.«

»Das freut mich – so wie wir auseinandergegangen sind.«

Sie schluckte. »Ja. Ich bilde mir ein, ich hätte um etwas Zeit gebeten.«

»Dann kommst du nur ins Grübeln. Also, was hast du so gemacht die Tage?«, fragte er und wechselte das Thema. Ein kluger Schachzug, dachte sie.

»Ich habe gearbeitet, war mit Freundinnen beim Essen. Das Übliche.«

»Siehst du, das ist das Problem: Ich weiß nicht, was bei dir üblich ist. Das würde ich gern ändern.«

Der Gedanke versetzte sie in Panik, aber nur, weil sie sich nicht vorstellen konnte, wie ihre zwei Welten aufeinandertrafen. Doch ihre Trennung lag erst wenige Tage zurück, und sie vermisste ihn schon jetzt. »Wie meinst du das?«

»Ich habe demnächst frei und würde dich gern besuchen.«

Sie fuhr sich mit der Zunge über die Lippe. »Hm …«

»Ich will nichts Tiefschürfendes«, versprach er. »Wir können Zeit allein verbringen, so wie hier, wenn du in New York bist. Ich will dich einfach nur sehen. Ich will wissen, wo du wohnst. Ich will dein Bett sehen, damit ich mir vorstellen kann, wie du nachts darin liegst … und an mich denkst.« Seine Stimme senkte sich um eine Oktave.

Ihr Körper sprang sofort darauf an und reagierte mit Erregung.

»Was meinst du? Du und ich, dieses Wochenende? Du kannst mir zeigen, wie du so lebst. Wo du dir morgens deinen Kaffee holst. Was bei dir im Kühlschrank steht.«

Sie schüttelte den Kopf und lachte. Bei ihm klang das so unverfänglich und einfach. Aber das bedeutete, dass er sie *kennenlernen* wollte. »Okay«, sagte sie, bevor sie groß nachdenken konnte.

»Du wirst es nicht bereuen.«

Sie lächelte. »Nein, das glaube ich auch nicht.«

Sie verabredeten, wann er am Freitag kommen sollte und dass sie ihn am Flughafen abholen würde. Dann klingelte bei ihm das Telefon, und weil er auf der Polizeidienststelle war, musste er drangehen.

Sie legte auf und drückte sich das Handy an die Brust. Ihr Herz schlug wie verrückt.

»Wer hat dir denn dieses Lächeln auf die Lippen gezaubert?«, fragte Brad.

Sie fuhr erschrocken zusammen. »Ich habe gar nicht gehört, wie du reingekommen bist.«

»Ich habe geklopft, aber die Tür war offen, und du warst in Gedanken versunken. Dein heißer Cop?«, fragte er und deutete auf ihr Handy.

Sie nickte und legte es auf den Tisch. Dann bemerkte sie, dass Brad ein *The Big Bang Theory*-T-Shirt trug, mit einem Bild von Sheldon, und schüttelte den Kopf: »Wir müssen dich besser kleiden.«

Brad zuckte die Schultern, denn es war ihm vollkommen egal. »Es war das letzte saubere T-Shirt. Vermutlich sollte ich mal waschen.«

»Du bist Milliardär! Stell jemanden ein, der das für dich erledigt.«

»Keith macht es gerne, aber er war geschäftlich unterwegs. Was wollte dein heißer Cop?«

Sie sah Brad in die Augen und wurde ernst. »Er will mich am Wochenende besuchen. Ich habe Ja gesagt.«

»Hey, du lässt jemanden an dich heran! Das ist ein Grund zum Feiern. Mittagessen im Ritz – geht auf mich.«

Sie verdrehte die Augen. »Tu nicht so, als wäre es etwas Weltbewegendes.«

»Meine Liebe, wir wissen beide, dass es das ist.« Er setzte sich seitlich auf ihren Schreibtisch. »Also … hast du deine Mutter schon zurückgerufen?«

»Nein.« Sie knetete die Hände im Schoß. »Ich will mich nicht mit ihr auseinandersetzen.«

»Finde ich gut. Wenn du mich fragst, solltest du dich so wenig wie möglich mit dieser Giftschlange abgeben.«

»Du weißt so gut wie ich, dass ich ihr nicht auskomme. Sie ist hartnäckig. Obwohl sie so unzufrieden mit mir ist, kann sie mich nicht in Ruhe lassen. Sie glaubt noch immer, sie könnte mich ändern.«

»Durch pausenloses An-dir-Rummeckern«, murmelte Brad.

Amanda zuckte die Schultern. »Solange ich sie auf Abstand halte, ist alles in Ordnung. Ich komme mit ihr zurecht.«

»Irgendjemand muss sie in die Schranken weisen.«

»Eines Tages geht sie zu weit, und irgendjemand klopft ihr auf die Finger.« In jungen Jahren hatte Amanda eine Therapie gemacht und gelernt, sich selbst anzunehmen und sich nicht für ihre unnachgiebige Mutter zu verbiegen.

Brad stand auf. »Na gut, vergiss sie, und mach dir ein schönes Wochenende.« Er beugte sich hinunter und küsste sie auf die Wange.

Amanda lächelte. »Das werde ich.« Sie war wild entschlossen, nicht zu viel nachzudenken und die Zeit mit Decklan auszukosten. Sie hatte ihm gesagt, dass sie Zeit brauchte. Solange er das respektierte, war alles zwischen ihnen in Ordnung.

11

Amanda wartete am Flughafen, voll Erwartung und Verlangen, Gefühlen, die neu für sie waren. Wie dieser Mann so schnell ihr Herz erobern konnte, obwohl sie bisher niemanden an sich herangelassen hatte, war ihr schleierhaft.

Sie blickte suchend in die Menge, die plötzlich aus dem abgetrennten Bereich strömte, bis sie Decklan entdeckte. Er trug ein dunkelblaues T-Shirt und ausgeblichene Jeans, die eng an seinen kräftigen Oberschenkeln anlagen. Er hatte sich nicht rasiert, und der Stoppelbart verlieh ihm ein verruchtes Aussehen. Dann sah er sie, und seine Lippen hoben sich zu einem sexy Grinsen. Als er vor ihr stand, ließ er seine Sportasche fallen und umfasste ihr Gesicht mit beiden Händen. Kurz darauf küsste sie ihn, als hätte sie ihn seit Monaten nicht gesehen, dabei war es gerade eine Woche her.

Seine Lippen waren weich, doch sein Kuss war stürmisch. Er verschlang sie mit einem Hunger, den auch sie verspürte. Sie packte sein T-Shirt, hielt sich an ihm fest und verlor sich in dem Geschmack und dem Geruch, die sie so sehr vermisst hatte. Seine Zunge glitt in ihren Mund, und sie vergrub stöhnend die Fäuste in seinem Shirt.

»Geht ins Hotel!«, rief ihnen jemand zu und zerstörte den intensiven Moment.

Amanda riss sich von ihm los und zog den Kopf ein, aber dann musste sie grinsen, weil man sie beim Knutschen erwischt hatte wie zwei Teenager.

Mit brennenden Wangen begegnete sie seinem aufgeheizten Blick. »Hallo«, flüsterte sie.

»Hallo.«

Sie sahen einander an, und ihr Herz schwoll mit jeder Sekunde an, die verstrich.

Er zwinkerte, dann hob er seine Sporttasche auf und warf sie sich über die Schulter. »Sollen wir?«

»Kein Gepäck?«

»Alles hier drin.«

Sie zuckte die Schultern. »Okay, dann gehen wir.«

Sie gingen durch den Flughafen und auf den Parkplatz hinaus, und sie öffnete den Kofferraum ihres Audi per Fernbedienung.

»Hübscher Wagen«, kommentierte er. Sie hatte ihn angeschafft, weil Brad gedroht hatte, ihre alte Karre zu verkaufen, die sie seit dem College fuhr.

»Danke«, sagte sie lächelnd.

Sie stiegen ein, und Amanda startete den Motor. Decklan sah ihr schweigend zu. Er wusste nicht, was er erwartet hatte, als er in D.C. angekommen war, aber der herzliche Empfang war ein guter Start. Dass er sie besuchen durfte, war ohnehin ein Wunder, und er hatte vor, jede gemeinsame Minute zu nutzen.

Er musterte sie von der Seite. Sie trug einen engen Rock und eine kurzärmlige Bluse, dazu Pumps mit Killerabsätzen. Auf der Rolltreppe und auf dem Weg zum Ausgang hatte er die Augen nicht von ihren langen Beinen losreißen können. Ihr Rock hatte sich auf eine Art um ihren Hintern geschmiegt, dass er sich mit aller Macht zusammenreißen musste, um sie nicht in der Öffentlichkeit zu befummeln.

»Kommst du direkt von der Arbeit?«, fragte er.

Sie nickte. »Es war kein Problem zu gehen, um dich um drei abzuholen. Brad musste weg, und ich hatte schon alles für diese Woche erledigt.«

»Du siehst fantastisch aus.« Er langte zu ihr rüber und zupfte an einer Strähne, die sich aus ihrem losen Knoten gelöst hatte.

Ihre Wangen leuchteten rot auf. Er freute sich, dass sie jedes Mal so auf ihn reagierte.

»Ist es noch weit zu dir?«

»Wir sind gleich da.«

Tatsächlich bog sie ein paar Minuten später in eine Wohnsiedlung mit niedrigen Gebäuden. Mithilfe einer Karte passierten sie eine Schranke.

»Gut gesichert«, bemerkte er.

Sie nickte. »Hier fühle ich mich geschützt. Diese Art zu wohnen ist mir vertrauter als Manhattan.«

»Deswegen wohne ich auch außerhalb und nicht in der Innenstadt. Ich weiß nicht, wie Gabe und Isabelle es aushalten.« Gras und Bäume waren Decklan lieber als Gehwege und Menschenmassen.

»Jedem das seine.«

Sie parkte auf einem nummerierten Platz und entriegelte den Kofferraum, damit er seine Tasche rausholen konnte. Schweigend gingen sie ins Haus. Bisher war die Unterhaltung unverfänglich gewesen, doch er spürte ihre Skepsis. Ihm war klar, dass es eine große Sache für sie war, ihn als Gast zu empfangen. Das respektierte er, dennoch wollte er keine Distanz zwischen ihnen. Nicht wenn er schon hart wurde, wenn er sie nur ansah. Als sie den zweiten Stock über die Treppe erreichten, anstatt den Aufzug zu nehmen, konnte er den Blick nicht von ihren breiten Hüften nehmen, ihrem üppigen Hintern, ihrem aufreizenden Hüftschwung beim Laufen.

In der Wohnung fing er einen leicht blumigen Duft auf, sah, wie das Sonnenlicht durch eine Reihe von Fenstern auf ihr Haar fiel, und es war um ihn geschehen.

Aber als sie sich zu ihm umwandte, bemerkte er eine Unsicherheit in ihren großen braunen Augen, die ihm gar nicht gefiel. Ihre Beziehung entwickelte sich, und das machte ihr Angst. Er wollte, dass sie sich wieder sicher bei ihm fühlte, und er wusste schon, wie er sie in die richtige Stimmung brachte.

Er ließ seine Tasche fallen und lockte sie mit einem Finger zu sich. Das war ein Befehl, keine Frage. Schweigend kam sie auf ihn zu. Die Regeln der sexuellen Unterwerfung verstand und ersehnte sie. Damit konnte er dienen, zumindest, bis sie den Rest ihrer Mauern einriss und ihn ganz an sich heranließ.

Dass er sie besuchen konnte, war ein Fortschritt. Er brauchte mehr davon.

Er streifte seine Sneakers ab und kam auf sie zu.

»Zieh mich aus«, befahl er.

Ihre Augen blitzten vor Verlangen. Sie verstand. Ein Grinsen spielte um ihre Lippen, als sie sein Shirt hochschob. Ihre weichen Hände streiften seine Rippen, während sie es ihm über den Kopf zog. Statt es auf den Boden zu werfen, faltete sie es säuberlich zusammen und legte es auf einen Tisch in der Nähe.

Sie musterte seine Brust und blickte ihm fragend in die Augen. Als er nickte, legte sie die Hände auf seine entblößten Schultern und versengte seine Haut. So lange hatte er sich jeder Berührung verwehrt, jetzt merkte er, dass er sie brauchte.

Langsam streichelte sie ihn und arbeitete sich nach unten, fuhr Muskeln nach, derer er sich nie bewusst gewesen war. Dann verweilte sie, um mit seinen Brustwarzen zu spielen, neckte und quälte ihn, bis sein Schwanz fest von innen gegen die Jeans drückte und er scharf zwischen den Zähnen einatmete.

»Genug.«

Ein zufriedenes Lächeln spielte um ihre Lippen, als sie ihre Finger weiter nach unten wandern ließ. Sie steckte sie unter den Bund seiner Jeans und neckte ihn kurz, bevor sie den Knopf öffnete, einen Finger in seine engen Boxershorts hakte und sie zusammen mit der Jeans über seine hervordrängende Erektion zog und an den Beinen hinunterschob. Nachdem er sich befreit hatte, bückte sie sich nach der Jeans, faltete sie sorgfältig und legte sie auf das T-Shirt.

Dann kam sie zurück und kniete sich vor ihn. Als sie sich die Lippen leckte, sprang ihm fast das Herz aus der Brust. Das hier hatte er nicht geplant, aber es war offensichtlich, was sie wollte. Sie nahm seinen Schwanz in ihre zarten Hände, und plötzlich hätte er ihr alles gegeben, worum sie bat.

Ihre Berührung war leicht, als sie mit den Fingern seine Länge abfuhr.

»Fester.«

Sie nickte, doch bevor sie seiner Anweisung folgte, beugte sie sich vor und fuhr mit der Zunge über seinen drängenden Schaft. Die flüchtige Berührung war so köstlich, dass er fast gekommen wäre, doch sie war noch nicht fertig. Gründlich befeuchtete sie ihn mit dem Mund, bevor sie ihn fest mit der Hand umgriff und in regelmäßigem Rhythmus pumpte.

»Himmel«, fluchte er laut. »Du gibst mir den Rest.«

Große braune Augen blickten zu ihm auf, amüsiert und voll Verlangen, dann wandte sie sich wieder ihrer Aufgabe zu. Anstatt den Druck mit ihren talentierten Händen aufrechtzuerhalten, packte sie seine Schenkel und nahm ihn zwischen ihre glitzernden Lippen.

Sie ließ die Zunge über und um seinen Schwanz wirbeln und sog ihn in die warme, feuchte Höhlung ihres Mundes. Stöhnend stieß er die Hände in ihr Haar und zog daran, während er in ihren bereitwilligen Mund stieß.

Ein leises Seufzen sagte ihm, dass sie der erotische Schmerz anmachte. Eifrig leckte sie an ihm, saugte, stöhnte, und die Vibrationen führten ihn zu immer neuen Gipfeln der Lust. Sie nahm ihn ganz auf, und sein Schwanz traf mit jedem Stoß durch ihre Lippen an die Rückwand ihrer Mundhöhle.

Erst fürchtete er, ihr wehzutun, doch sie genoss es offensichtlich genauso wie er. Ihre leisen Seufzer brachten ihn noch näher an den Höhepunkt.

Hinter seinen Lidern blitzten Lichter, während er sich in den höchsten Lustgefühlen und Amanda verlor. Alles zog sich in ihm zusammen, und als sie schluckte, während er in ihrem Mund war, gab es kein Halten mehr. Er kam ohne einen Gedanken daran, sich herauszuziehen, und so begierig, wie sie alles aufsog, was er verspritzte, hatte er nichts zu befürchten.

Doch als er wieder zu Sinnen kam und hinunterblickte, bemerkte er, dass sie die Hand unter den Rock gesteckt hatte und es sich offensichtlich selbst besorgte. Trotz zitternder Beine war er noch immer der Chef. Das durfte sie nicht vergessen.

Er griff unter ihre Arme und zog sie hoch, bis sie Nase an Nase waren.

»Was?«, fragte sie mit einer hinreißenden Schnute, sichtlich verärgert über die Unterbrechung.

»Lass uns eines klarstellen.«

Sie wölbte die Brauen.

»Für deine Orgasmen bin ich zuständig.« Er hob sie auf und legte sich ihre Beine um die Hüften. »Schlafzimmer?«, fragte er.

Mit erfreutem Ausdruck, die Lippen zu einem Grinsen verzogen, deutete sie auf den hinteren Teil der Wohnung.

Er hatte sich noch nicht die Zeit genommen, ihre Wohnung anzusehen, und er hielt sich auch jetzt nicht damit auf, als er mit einer erwartungsvoll erregten Frau in den Armen auf die offene Tür zuging.

Er trat in ihr Schlafzimmer und setzte sie auf dem Bett ab. Sein erster Gedanke war, dass sie sich eine größere Matratze anschaffen musste, wenn er sie öfter besuchen sollte. Doch da er wusste, wie sie auf diesen Kommentar reagieren würde, behielt er ihn für sich.

Er legte sie auf den Rücken, und Amanda kam sich unglaublich schamlos und dekadent vor. Schließlich hatte sie bisher noch nie einen halbnackten Mann bei sich im Schlafzimmer gehabt, der vor dem Bett stand und weiß Gott was mit ihr vorhatte. Decklan hatte das Ruder an sich gerissen.

Und obwohl sie normalerweise selbst über ihr Leben bestimmte, war es wundervoll, wie er sie vom Nachdenken abhalten konnte. Seit sie ihn kannte, grübelte sie nicht mehr ständig über sich und ihre Probleme nach. Es war ihr noch gar nicht aufgefallen, doch jetzt wurde es ihr schlagartig klar. Er hatte sie wirklich auf eine Art in seinen Bann geschlagen, wie es noch keinem gelungen war, und in ihr regte sich der Wunsch, sie könnte ihn behalten, ohne Brad wehzutun.

Normalerweise hätte sie dieser Gedanke ernüchtert, aber Decklan war ihr wie gewöhnlich einen Schritt voraus. »Sieh mich an, Baby.«

Sie blinzelte und konzentrierte sich wieder auf ihn.

Seine starke Hand fuhr über ihre Wade und ihr Bein hinauf, seine rauen Fingerkuppen erregten sie mit der sinnlichen Berührung. »Habe ich dich wirklich mit der Hand unter dem Rock erwischt?«

Sie blinzelte zu ihm auf und lächelte. »Vielleicht?«

Er schüttelte den Kopf und lachte, doch bevor sie

aufatmen konnte, drehte er sie auf den Bauch, hob ihren Rock, zerrte ihr den Slip runter und verpasste ihr einen harten Klaps auf jede Pobacke.

Sie sog zischend die Luft ein, als es brannte, und wartete. Tatsächlich rief der Schmerz ein Prickeln in ihrem Geschlecht hervor. »Wer bestimmt im Bett?«, fragte er.

Sie zögerte, und als er sie noch einmal schlug, wurde ihr klar, dass sie absichtlich gewartet hatte. Sie stöhnte und legte den Kopf aufs Bett.

»Wirst du mir antworten?«, fragte er und fuhr mit der Hand über die gereizte Haut. »Wer bestimmt im Bett?«, fragte er erneut.

»Du.« Doch noch beim Sprechen streckte sie ihm den Hintern entgegen und entlockte ihm ein leises, polterndes Lachen.

»Freches Luder«, murmelte er voll Wärme und haute sie zweimal mehr, bevor er ihr gab, was sie wirklich brauchte: seine Finger in ihrer Möse, den Daumen auf ihrem Kitzler. Zusammen brachten sie ihr die Erlösung, die sie dringend ersehnte.

In einer einfachen Bewegung ließ er die Finger hinein- und hinausgleiten, und bald presste sie sich an ihn und näherte sich dem Höhepunkt.

»Du bist so feucht für mich«, sagte er heiser.

Seufzend rieb sie sich an seiner Hand. »So nah«, wimmerte sie, als sie sich dem Gipfelpunkt der Wellen näherte, die sich immer höher auftürmten.

Sofort ließ er sie los. »Decklan!«

Doch er hob ihre Hüften, und sie verstand. Sie stützte sich auf der Matratze ab und schob den Po nach oben.

Im nächsten Moment war er hinter ihr, und sie spürte die Wärme, die er auf sie abstrahlte. Ihre Möse zog sich sehnsüchtig zusammen. Es war ihr egal, dass sie noch immer angezogen war, wenn er sie nur ausfüllte und von der schmerzenden Leere erlöste, die er geschaffen hatte.

»Jetzt sag es noch einmal.«

Sie kräuselte die Nase, obwohl er es nicht sehen konnte. »Was sagen?«, fragte sie und wackelte mit dem Po. Sie wollte ihn so sehr, dass sie kaum sprechen konnte.

»Meinen Namen. Sag meinen Namen«, presste er hervor und ließ die Finger durch ihr triefendes Geschlecht gleiten.

»Decklan, bitte«, sagte sie, ohne zu zögern.

Als Belohnung glitt sein Schwanz verheißungsvoll zwischen ihre Schenkel. Noch mehr Flüssigkeit sammelte sich, und innere Wände zogen sich verzweifelt zusammen.

»Ist es das, was du willst?«, fragte er und baute sich hinter ihr auf, den Schwanz in Position.

Als Antwort drückte sie ihren Po in seine Lenden. Mehr war nicht nötig, um ihn um die Beherrschung zu bringen. Er drang so tief in sie ein, dass sie ihn überall spürte, und gab ihr keine Zeit, sich vorzubereiten oder Atem zu holen. Mit einer Hand auf ihrer Hüfte verfiel er in einen groben Rhythmus, den sie so sehr brauchte wie er. Mit jedem Stoß schlugen seine Hüften auf ihre und pressten sie vorwärts aufs Bett. Nur sein Griff hielt sie fest. Ihr Seufzen und Stöhnen vermischte sich. Decklan füllte Orte, deren Leere sie nie bemerkt hatte, er weckte Empfindungen, zu denen sie sich nicht fähig gehalten hätte. Er nahm, ja, aber vor allem gab er.

Er hatte den gewissen Punkt in ihrem Inneren gefunden und trieb sie mit jedem Stoß und jedem Gleiten höher. Sterne, Regenbögen, ein ganzes Feuerwerk braute sich in ihr zusammen, jederzeit bereit zu explodieren. Als wüsste er es, griff er um sie herum und fuhr mit den Fingern über ihren Kitzler, stimulierte ihren vollkommen überreizten Körper noch mehr.

Sie schrie auf und öffnete sich für alles, was er bot.

»Komm, Baby, komm. Fuck, ich komme auch.« Er zog sich weit zurück, dann stieß er zu und presste den Finger auf ihr Geschlecht. Amanda explodierte. Ihr Orgasmus trug sie in schwindelnde ungekannte Höhen, und gleichzeitig registrierte sie, wie auch er kam und sich auf die intimste, sinnlichste Art in sie ergoss.

Sie wusste nicht, wie viel Zeit vergangen war. Irgendwann merkte sie wieder, dass sie atmete und sein Gewicht in die Matratze drückte.

Gemeinsam rollten sie sich auf die Seite und seufzten. »Das war Wahnsinn«, sagte er.

Ein ungewohntes Gefühl von Wärme und Stolz kroch in ihr empor. »Ja?«

Decklan nahm ihr Gesicht zwischen die Hände und küsste sie fest auf die Lippen. »Absolut.«

Sie grinste. »Das ist schön. Bin ganz deiner Meinung.«

Er lachte und ließ sich aufs Bett zurückfallen.

Als sie sich wieder bewegen konnten, gingen sie gemeinsam unter die Dusche, wo sie ihn einseifte und ihn auf eine Weise kennenlernte wie noch keinen Mann zuvor. Und andersherum. Er wusch sie, half ihr, das Haar zu shampoonieren, und wickelte sie in ihr flauschigstes Handtuch, bevor er sich selbst eines um die Hüfte schlang.

In diesem Moment knurrte ihr Magen laut vernehmbar. »Entschuldige.«

Er schüttelte den Kopf und lachte. »Keine Sorge. Ich bin auch am Verhungern.«

»Es gibt einen tollen Italiener gleich um die Ecke. Was hältst du davon? Wenn du möchtest, kann ich dich morgen bekochen.«

»Ich will einfach nur mit dir zusammen sein. Mir ist egal, wo wir hingehen oder was wir machen.«

Sie schüttelte den Kopf. Es war schön, dass er so locker war – zumindest außerhalb des Schlafzimmers. Und es freute sie, dass sie auch in ihrer Welt Zeit miteinander verbringen konnten. In dieser Gegend hatte sie nichts zu befürchten, wenn sie mit Decklan ausging. Sie war erst vor Kurzem in diese Wohnung gezogen, niemand interessierte es, mit wem sie essen ging. Nur in der politischen Welt von D. C. musste sie sich vor den Leuten von Brads Vater in Acht nehmen.

12

Der Italiener, den Amanda ausgesucht hatte, lag nicht weit von ihrer Wohnung entfernt. Es war ein ruhiges Restaurant, die Wände waren hellblau gestrichen, das Licht gedämpft, die meisten Gäste waren in ihrem Alter und sahen aus, als kämen sie gerade von der Arbeit oder waren noch legerer gekleidet. Decklan fühlte sich auf Anhieb wohl.

Sie aßen in entspanntem Schweigen. Er nahm Hähnchen Piccata, sie Hähnchen Marsala. Das Essen war gut, die Gesellschaft noch besser.

»Ein schönes Restaurant«, bemerkte Decklan und sah sich um, während sie auf die Rechnung warteten.

»Ja, entspannt. Ich bin oft hier, wenn ich zu faul zum Kochen bin. Manchmal habe ich mein iPad dabei und lese beim Essen.«

Er sah sie eine Weile an, musterte ihr ungeschminktes Gesicht und die ernsten Augen und sah jemanden, der im Herzen Einzelgänger war. Fast so wie er.

»Ich bin froh, dass ich dich dieses Wochenende besuchen darf.«

Sie lächelte. »Du warst ganz schön aufdringlich. Aber ich bin auch froh.«

Sie teilten sich eine Nachspeise und gingen zurück zu ihr. Als sie am Hauseingang standen, rief eine Frau vom Parkplatz aus: »Amanda?«

»Mutter?« Amanda versteinerte, dann drehte sie sich um.

Eine schicke, schlecht gelaunte Frau kam auf sie zu. »Natürlich, wer sonst? Nachdem du meine Anrufe ignorierst und mich hier im Auto warten lässt.«

Amanda zog scharf die Luft ein. »Ich wusste nicht, dass du kommst. Und ich habe nicht zurückgerufen, weil ich beschäftigt war.«

»Ja, mit deinem Sekretärinnen-Job.« Amandas Mutter rümpfte abfällig die Nase.

»Ich bin persönliche Assistentin«, korrigierte Amanda.

»Das ist dasselbe.«

Amanda schüttelte den Kopf. »Mutter, bitte. Nicht schon wieder.«

Nachdem Amandas Mutter ihn offensichtlich nicht bemerken wollte, konnte Decklan sie in Ruhe mustern. Das Ergebnis fiel nicht sehr gut aus. Zwar sah man ihr die Verwandtschaft mit der Tochter an – blondes Haar, obwohl sie offensichtlich mit Chemie nachhalf, ähnlicher Knochenbau, die braunen Augen –, doch damit endeten auch schon die

Gemeinsamkeiten. Im Gegensatz zu ihrer großen, hageren Mutter war Amanda kurvenreich und hatte weibliche Rundungen. Und während Amanda voller Wärme und geerdet war, wirkte ihre Mutter abgehoben und versnobt. Oder gar übergeschnappt? Decklan war sich nicht sicher.

»*Mutter, bitte* was?«, äffte sie ihre Tochter nach. »Vielleicht hättest du den Anstand, mich nach drinnen zu bitten?«

Gütiger Himmel, sie war kalt. Wie konnte sie Amandas Mutter sein?

Amanda straffte die Schultern, aber Decklan sah, wie schwer ihr selbst diese kleine Auflehnung fiel.

»Im Moment ist es ungünstig«, sagte sie. »Ich habe Besuch. Wir kommen gerade vom Essen.«

Der Blick ihrer Mutter fiel zum ersten Mal auf Decklan, und ihr Gesicht verriet, dass sie nichts von ihm hielt. Nachdem das auf Gegenseitigkeit beruhte, war es ihm ziemlich egal.

»Marilyn Collins, das ist Decklan Dare«, stellte Amanda die beiden einander vor.

»Erfreut«, presste Decklan zwischen den Zähnen hervor. Das war zwar gelogen, doch Amanda zuliebe würde er höflich bleiben.

Ihre Mutter wandte den Blick von ihm ab und schien Amanda erst jetzt richtig anzusehen. Ihre Pupillen weiteten sich. »In *diesem Aufzug* warst du im Restaurant?«

Amanda blickte an sich herab. Sie trug ein leichtes rosa Kleid, das locker fiel, aber jede Kurve nachzeichnete, dazu einfache Flip-Flops, die ihre rosa lackierten Fußnägel zeigten. »Ich mag dieses Kleid«, sagte sie leise.

»Außerdem siehst du aus, als hättest du ein paar Pfunde zugelegt. Nur gut, dass ich eine wundervolle neue Diät entdeckt habe. Wir können darüber reden, wenn wir alleine sind.« Sie bedachte Decklan mit einem scharfen Blick.

Als ob er sie mit diesem Drachen allein lassen würde.

Wenn ihre Mutter immer so war, wunderte es ihn nicht, dass Amanda mit Komplexen zu kämpfen hatte. An ihrem Aussehen oder ihrem Kleid war nichts auszusetzen. Absolut nichts.

»Meiner Meinung nach siehst du fantastisch aus«, sagte Decklan und legte ihr eine Hand auf den Nacken.

Sie schüttelte sie nicht ab, sondern nahm die Unterstützung an. Lächelnd blickte sie zu ihm auf.

»In welchem Verhältnis stehen Sie zu meiner Tochter?«, drang Marilyns schrille Stimme zu ihm durch. Sie stemmte die Hände in die schmalen Hüften und wirkte sichtlich verstimmt.

So viel zu den Höflichkeiten. Sie hatte nicht einmal seinen Gruß erwidert. Am liebsten hätte er ihr seine Beziehung zu Amanda ins Gesicht geschrien, aber das wäre unklug gewesen. Amanda wirkte erschrocken, und je mehr ihre Mutter in diesem herablassenden Ton sprach und dabei angewidert dreinblickte, desto weiter zog sie sich innerlich zurück.

»Wir sind Freunde«, sagte er, obwohl ihm das Wort nicht leicht über die Lippen kam, weil sie so viel mehr waren.

Marilyn nickte, doch ihre Augen wurden schmal. Sie war nicht dumm.

»Hoffentlich nicht mehr. Ich sehe schon jetzt Ihren Einfluss, und er tut ihr nicht gut. Schlimm genug, dass sie für diesen ... diesen Mann arbeitet, der im T-Shirt herumläuft statt in Anzug und Krawatte. Wenigstens hat er einen bekannten Vater. Und nun gibt sie sich mit Ihresgleichen ab.« Sie rümpfte die Nase.

Decklan vermutete, dass sie sich an seiner Shorts und seinem T-Shirt stieß. Vielleicht lag es auch daran, dass er sich an seinen freien Tagen nicht rasierte. Ihn persönlich kümmerte es einen Dreck, was sie von ihm hielt, aber wegen Amanda war er besorgt.

»Das reicht«, sagte Amanda energisch. »Dieser Ton ist nicht angebracht. Decklan ist ein guter Kerl, ein guter ... Freund. Er ist Polizist, das erfordert Mut und Anstand. Ich würde mir wünschen, dass du ihn mit Respekt behandelst.«

Es war bemerkenswert, wie sie über das Wort *Freund* gestolpert war, doch noch faszinierender war es, wie sie ihn vor ihrer Mutter verteidigte, sich selbst aber nicht.

»Du musst mich nicht verteidigen«, sagte er zu Amanda.

»Oh doch. Komm. So etwas musst du dir nicht anhören.« Sie zog an seiner Hand.

»Du willst mich doch wohl nicht hier stehen lassen. Dazu habe ich dich zu gut erzogen«, sagte Marilyn.

Decklan reichte es. »Lady, wenn Sie Amanda zu dem erzogen hätten, was Ihnen vorschwebt, würde ich nichts mit ihr zu tun haben wollen. Glücklicherweise hat sie ihren eigenen Kopf und ist wunderschön, innerlich wie äußerlich.«

Marilyn riss die Augen auf. »Wie reden Sie mit mir?«

»Wie es sich gehört.«

Amanda ging dazwischen. »Warum bist du gekommen?«, fragte sie resigniert.

»Ach, jetzt interessierst du dich auf einmal dafür? Dein Vater wollte dich wissen lassen, dass er nächstes Wochenende ein Belastungs-EKG in der Klinik machen lässt. Aber ich richte ihm aus, dass seine undankbare Tochter keine Zeit hatte zuzuhören.« Damit ging sie zu ihrem Wagen zurück und ignorierte die Fragen, die Amanda stellte.

Im nächsten Moment schloss sie die Tür und ließ den Motor an.

Amanda wandte sich an Decklan, das Gesicht voll Schmerz. »Ich kann nicht glauben, was sie da gerade gesagt hat. Wobei es typisch für sie ist, aber trotzdem. Es tut mir leid, dass du dir das anhören musstest.«

»Mich hat sie nicht beschimpft.« Nicht so sehr wie Amanda. »Was hat sie?«

»Ach, das ist eine lange Geschichte.«

»Die würde ich gerne hören, aber lass uns reingehen, okay?«

Amanda nickte, und er folgte ihr ins Haus und die Treppen hinauf. In der Wohnung wandte sie sich zu ihm um. »Hör zu, ich zieh mich eben um und rufe meinen Vater an, bevor meine Mutter nach Hause kommt und ihm alle möglichen schrecklichen Dinge erzählt. Ich bin in ein paar Minuten zurück.«

»Hat er ein Herzleiden?«, wollte Decklan wissen.

Amanda zuckte die Schultern. »Nicht dass ich wüsste. Und wenn meine Mutter ihn eine halbe Stunde allein lassen kann, um bis zu mir zu fahren und mich zu informieren, kann es eigentlich nicht so schlimm sein, zumindest im Moment.«

Er neigte den Kopf. »Dann geh. Finde heraus, was mit deinem Vater ist.«

»Danke.« Sie verschwand im Schlafzimmer.

Es war schrecklich mitanzusehen, wie niedergeschlagen Amanda wirkte, und Decklan war wild entschlossen, den Schaden wiedergutzumachen, den ihre Mutter angerichtet hatte.

Während er wartete, musste er ständig daran denken, was Marilyn ihrer Tochter alles an den Kopf geworfen hatte. Sie hatte kein gutes Haar an ihr gelassen. Ihre Arbeit, ihr Kleid, und am schlimmsten, ihre Figur, alles hatte sie kritisiert. Nach diesem Auftritt hatte Decklan eine Vorstellung davon, womit Amanda zu kämpfen hatte, und es machte ihn furchtbar wütend.

Er hörte ihre leise Stimme aus dem Nebenzimmer. Mit einem Schulterzucken begann er, in der geräumigen Wohnung umherzulaufen und sie sich zum ersten Mal anzusehen. Wie erwartet, hatte sie eine warme, persönliche Note. Alles war in sanften Pastelltönen gehalten, an den Wänden hingen Landschaftsbilder und ein paar Fotos. Er fühlte sich wohl. Zu Hause.

»Kann ich dir etwas zu trinken anbieten?« Amanda war wieder im Wohnzimmer erschienen. Sie trug jetzt ein hellgraues T-Shirt mit türkisen Ziernähten, dazu eine passende gemütliche Hose, unter der ihre nackten Füße hervorlugten.

Sie sah süß aus, wenn auch ein bisschen verloren, und er breitete die Arme für sie aus.

Doch sie kam nicht zu ihm.

»Ist alles okay mit deinem Dad?«, fragte er unbeirrt. Er war zuversichtlich, dass er ihre Mauern durchbrechen konnte.

Ihr Ausdruck wurde weicher. »Ja. Es ist eine Vorsichtsmaßnahme. Er hatte Schmerzen in der Brust, und sie haben ihn untersucht. Es war kein Infarkt, aber sie wollen einen Belastungstest machen und ihn auf eine Obstruktion untersuchen.«

Er nickte. »Hoffentlich verläuft er gut.«

»Ja.« Sie schluckte. »Weißt du, du solltest wirklich gehen, solange es noch schön ist. Das mit uns war nur für eine Nacht gedacht, das hier ist viel mehr, als du wolltest.«

Sie ging in Richtung Küche, doch er war mit zwei Schritten bei ihr, packte ihre Hand und zog sie zurück zur Couch. »Ich sollte dich bestrafen, weil du glaubst zu wissen, was ich will, aber ich verzichte. Stattdessen reden wir.«

Sie sah zu ihm auf, und ihre Augen waren groß. Sie wirkte unsicher. »Ich glaube, die Strafe wäre mir lieber.«

Er musste sich ein Grinsen verkneifen. »Ich habe es dir nicht zur Wahl gestellt.«

Damit zog er sie auf seinen Schoß. Er spürte ihre üppigen Kurven, verbot es sich aber, auf ihre körperlichen Reize zu reagieren. Nun ging es um ihr Inneres.

»Du wirst dich nicht vor mir verstecken.« Er verlagerte sie, sodass er ihr Gesicht sehen konnte. »Wir werden uns jetzt wie Erwachsene unterhalten, und du wirst mir alles erzählen. Vielleicht erklärst du mir, warum deine Mutter so ein Drachen ist, dann kann ich dir zeigen, wie sehr sie sich in dir irrt, indem ich deinen wundervollen Körper stundenlang verwöhne. Klingt das gut?«

Sie schüttelte den Kopf, und das Haar fiel ihr ins Gesicht.

»Ich streite nicht ab, dass sich etwas Schönes zwischen uns entwickelt hat, Decklan, aber ich schleppe ziemlich viel Ballast mit mir herum.«

»Wer tut das nicht?«

Sie runzelte die Stirn. »Für mich fühlt es sich an, als könnte ich die Titanic damit versenken.«

Er erlaubte sich ein Lachen. »Baby, ich habe keine Lust, deine Mutter oft zu sehen, aber sie ist deine Mutter. Das lässt sich nicht ändern. Trotzdem ist sie nicht du. Du weißt selbst, dass nichts von dem stimmt, was sie gesagt hat. Sie hat dir die Laune verdorben, das ist alles.«

»Du hast recht. Vom Kopf her weiß ich es.« Sie tippte sich an die Schläfe. »Aber es ist schwer, es auch hier zu spüren.« Sie legte die Hand aufs Herz.

Er bedeckte sie mit der eigenen. »Du musst nur einem gefallen: dir.« Er pausierte. »Und mir.«

»Ja, typisch Dom.« Trotzdem musste sie grinsen.

»Genug um den heißen Brei geredet«, sagte er in seiner besten Dom-Stimme.

Sie holte tief Luft. »Willst du wirklich die ganze traurige Geschichte hören?«

Er fuhr mit dem Daumen über ihre Wange. »Ja.«

»Okay, aber ich habe dich gewarnt.«

Sie hatte ihre Großmutter gefragt, warum ihre Mutter so gemein war. Amanda erinnerte sich deutlich an ihre Kindheit. Damals war sie dreizehn gewesen, und ihre Oma hatte versucht, das Verhalten ihrer Tochter herunterzuspielen.

»Mit achtzehn hat mir meine Großmutter die Geschichte erzählt.« Mann, war das peinlich. Amanda war erschöpft und wollte die Sache einfach nur hinter sich bringen. »Ich hatte meine erste ... sexuelle Erfahrung mit einem Kerl. Es war vorbei, bevor es richtig losging, wenn du verstehst, was ich meine. Er war noch nicht mal drin, als er kam, und er gab mir die Schuld daran. Angeblich wollte er es nur noch hinter sich bringen, nachdem er mich nackt gesehen hatte.« Sie presste die Hände auf ihre leuchtend roten Wangen.

»Was für ein Arschloch«, sagte Decklan und streichelte sie, während sie sprach. Er ließ eine Hand über ihr Haar gleiten, die andere an ihrem Arm entlang, um ihr ohne Worte zu zeigen, dass *er* sie wollte.

»Ja. Rückblickend denke ich auch, dass es ihm vermutlich peinlich war und er es an irgendwem auslassen musste. Aber damals?« Sie schüttelte den Kopf. Es war scheußlich, sich daran zu erinnern – wie an so viele andere Dinge. »Als ich heimkam, fragte meine Mutter, warum ich weine. Ich erzählte es ihr, obwohl ich wusste, dass es ein Fehler war. Und natürlich stimmte sie ihm zu und zählte noch einmal all meine Mängel auf.«

Sie spürte, wie Decklan unter ihr versteinerte. Es schmeichelte ihr, dass er ihretwegen wütend wurde, aber sie wollte es möglichst schnell hinter sich bringen, ihm davon zu erzählen, und dann an etwas anderes denken.

»Damals war meine Großmutter zu Besuch, und als Mom schlafen ging, nahm sie mich beiseite. Sie sagte mir, wie unrecht Mom hatte – und warum sie so oberflächlich und verbittert war.«

Er wartete geduldig, und Amanda fuhr fort.

»Als meine Mutter in der Mittelstufe war, wurde Großvater arbeitslos, und Großmutter fing an, für wohlhabendere Familien zu putzen. Ein paar Kinder aus diesen Familien gingen mit meiner Mutter zur Schule. Nach einer Weile musste sie weitergereichte Kleidung tragen und wurde deswegen gehänselt. Sie war wütend und traurig und ließ es an allen aus. Sie gab ihren Eltern die Schuld, wurde ihnen gegenüber unausstehlich und war wild entschlossen, es selbst einmal besser zu machen.«

»Sie tut mir nicht leid«, murmelte er.

Amanda grinste. »Meine Mutter bekam ein Stipendium fürs College, aber sie musste sich auch etwas dazuverdienen. Sie setzte alles daran, um eine gute Partie zu machen und, wie Scarlett O'Hara sagen würde, niemals wieder gebrauchte Kleidung zu tragen oder hungrig zu sein. Leider wurde sie von den Eltern ihres Auserkorenen abgewiesen, als er sie mit nach Hause brachte. Sie hatten andere Pläne für ihren Sohn, er sollte jemanden aus ihrer Gesellschaftsschicht heiraten.«

»Autsch. Andererseits ist es ihr recht geschehen, nachdem sie nicht daraus gelernt hat, wie sie selbst behandelt wurde.«

Amanda nickte. »Sie hat ihren reichen Prinzen nie getroffen. Sie heiratete meinen Dad, einen netten Mann aus ihrer Heimatstadt, der Versicherungen verkaufte. Aber sie war verbittert. Sie sah nicht, was sie alles hatte und wie ihr Mann für sie sorgte. Er bot ihr ein Dach über dem Kopf und immer genug zum Anziehen.«

»Aber keine Designerfummel«, sagte Decklan.

Amanda schüttelte den Kopf. »Nein. Nicht bis sie anfing, sein Konto zu überziehen. Und als sie eine Tochter bekam, hat sie all ihre unerfüllten Erwartungen auf mich übertragen.«

»Oh, Baby, das tut mir leid. Du hattest schlechte Karten mit deiner Mutter.«

»Das ist noch nicht alles.« Einen Moment lang legte Amanda den Kopf an seine Brust und sammelte Mut, um ihm den Rest zu erzählen. »Also ... in meiner Jugend hatte ich Bulimie.«

Er drückte sie fester und signalisierte ohne Worte, dass er zuhörte. Dass er da war. Und es half ihr, dass sie nicht in sein Gesicht blicken musste, während sie ihre tiefsten persönlichen Geheimnisse preisgab.

»Es fing ganz harmlos an, sodass ich es gar nicht merkte. Meine Mutter hat mich ständig kritisiert. Egal was ich tat, es war nie gut genug. Meine Noten waren zu schlecht, meine Freunde taugten nichts, ich sollte abnehmen und mich vernünftig ernähren. In ihrer Gegenwart tat ich, was sie wollte, aber nachts aß ich heimlich Sachen, die ich in der Schule gekauft hatte, weil es bei uns nur Gesundes gab. Als wir dann alle den Führerschein hatten, wurde es noch einfacher, Junkfood zu kaufen und außer Haus zu essen oder Essen in mein Zimmer zu schmuggeln. Nachts habe ich mich vollgestopft, und den Müll entsorgte ich am nächsten Tag in der Schule. Auf diese Weise haben sie es daheim nicht mitbekommen. Aber ich nahm zu.«

»Darüber war deine Mutter sicher nicht glücklich.«

Sie schüttelte den Kopf. »Sie bedrängte mich immer mehr, weil auch sie frustriert war, und ich sah mich gezwungen abzunehmen, aber … ich konnte nicht mit dem Essen aufhören. Also brachte ich mich zum … Erbrechen. Daraus wurde ein Teufelskreis.«

»Großer Gott.« Seine Stimme war leise und heiser.

Als würde er ihren Schmerz selber fühlen. Was für ein merkwürdiger Gedanke.

»Und wie hast du aufgehört?«, wollte er wissen.

Diese Antwort war leicht: »Ich wurde erwischt.«

Er stöhnte. »Was hat deine Mutter getan?«

Amanda lachte auf. »Nicht von meiner Mutter. Eine Lehrerin kam in die Mädchentoilette auf der Suche nach einer Schülerin. Sie wartete, bis ich rauskam, und fragte, ob ich zur Schulkrankenschwester wollte oder zu Hause anrufen, weil ich krank sei.

Wieder haben mich meine Gefühle überwältigt. Ich brach in Tränen aus und erzählte ihr alles. Sie war sehr freundlich und wollte mir helfen. Sie brachte mich zur Schulpsychologin.«

Amanda hatte die Arme fest um sich geschlungen und den Kopf an seine Brust gelegt. Das gleichmäßige Pochen seines Herzens hatte etwas Tröstliches. »Ich hatte großes Glück, jemanden zu finden, der mich wirklich verstand. Und weil sie so fürsorglich war, wollte ich ihr unbedingt gefallen. Ich wollte mich bessern, mich selber mögen.«

»Wusste deine Mutter von deinen Problemen?«

»Die Schulpsychologin versuchte, mit ihr zu reden, doch sie sagte nur, ich würde jede Entschuldigung nutzen, um zu essen oder Aufmerksamkeit auf mich zu ziehen.« Amanda zuckte die Schultern. »Es musste ohne sie gehen.«

»Und was war mit deinem Vater? Was du bisher erzählt hast, klingt nicht, als hätte er sich für dich starkgemacht …«

Sie schüttelte den Kopf und bestätigte seine Vermutung. »Dad ist ein guter Kerl, aber bei uns bestimmt Mom. Sie hat die Hosen an und lässt ihn springen.«

»Vielleicht sollte ich ihm mal erklären, wie man eine Frau bändigt.«

Bei dem Gedanken musste Amanda grinsen. »Ja, aber können wir von etwas anderem reden als meinem Vater und meiner Vergangenheit?«

Er lachte und stimmte zu.

Amandas Herz klopfte, als wäre sie gerannt und müsste sich erst wieder erholen. Sie konnte gar nicht glauben, was sie ihm alles erzählt hatte. Und trotz allem war er geblieben und hatte sie nicht verurteilt. Dafür war sie ihm dankbar … und so viel mehr.

Decklan wusste nicht, wie es ihm gelungen war zu lachen, nachdem er von ihrer schrecklichen Kindheit gehört hatte. Was für ein Elend. Bei ihren Eltern hatte sie weder Liebe noch Geborgenheit gefunden, wie Kinder sie brauchten. Ihr Vater hatte ihr nicht beigebracht, sich selbst zu schätzen. Ganz anders als sein Vater: Für ihn war Lucy der Nabel der Welt gewesen, dachte Decklan.

Kein Wunder, dass Amanda sich gern unterwarf. Sie sehnte sich nach Anleitung und Zuneigung. Er bewunderte ihre Stärke, mit der sie diese Probleme in den Griff bekommen und überwunden hatte. Endlich fügte sich das Puzzle zusammen, und er verstand Amanda.

»Du weißt, dass du etwas Besseres verdient hättest.« Damit umfasste er ihren Nacken, zog sie an sich und zeigte ihr mit einem leidenschaftlichen Kuss, dass sie sehr wohl begehrt wurde, sehr wohl gebraucht und … vor allem geliebt.

Ja, das Gefühl war da. Er musste es nicht im Lexikon nachschlagen. Doch das behielt er für sich. Er brauchte Zeit, um sich an die berauschenden Gefühle und ihre Konsequenzen zu gewöhnen. Ganz zu schweigen von der panischen Angst, dass sie eines Tages nicht mehr da sein könnte. Denn so etwas hatte er schon einmal erlebt.

13

Der nächste Monat war für Amanda wie ein Traum – einer, den sie sich nie gestattet hätte. Unter der Woche erledigte sie einen Job, den sie liebte, vereinbarte Konferenzen für Brad, kümmerte sich um das Tagesgeschäft, scherzte mit ihm, und an den Wochenenden traf sie sich mit Decklan. Entweder kam er nach D. C., oder sie besuchte ihn in New York. Sie entwickelten eine Routine, die sie sich bald schon dauerhaft vorstellen konnte – wenn es ihr gelang, sich behutsam aus Brads Leben zurückzuziehen.

Sie wusste nicht, was ihr bester Freund davon halten würde, »Schluss« zu machen und seinem Vater in Zukunft keine Freundin präsentieren zu können, wenn er zu einem der zahlreichen gesellschaftlichen Anlässe lud, zu denen ein Senator mit Familie erschien. Außerdem gab es Gerüchte, dass Brads Vater für die Präsidentschaft kandidieren wollte – nicht dass er sich bereits entschieden hätte, aber laut Brad stand er kurz davor –, und in diesem Fall würden diese Anlässe noch mehr an Bedeutung gewinnen.

Doch Amanda hatte das Gefühl, dass es an der Zeit war, und Brad würde es sicher verstehen. Sie würde ihm Zeit lassen, es seinem Vater beizubringen, aber sie musste Decklan in ihr Geheimnis einweihen. Für sie bestand kein Zweifel, dass er es für sich behalten würde, und er verdiente es, die Wahrheit zu erfahren.

Gegen Mitte der Woche klingelte das Telefon im Büro und riss sie aus ihren Gedanken. »Hallo, Ritter's World«, sagte sie und grinste wie so oft über den Firmennamen. Bradley hatte sich strikt gegen alles Sachliche oder Förmliche wie »Ritter Software« oder »Ritter, Inc« gewehrt.

»Amanda? Hier ist Stephan Ritter.«

Sie setzte sich gerade auf. »Senator!« Sie wünschte, sie hätte auf das Display geschaut, bevor sie abgenommen hatte. »Wie geht es Ihnen?«

»Wie oft muss ich noch sagen, dass du mich Stephan nennen sollst? Was macht das für einen Eindruck, wenn mich meine zukünftige Schwiegertochter so formell anredet?«, fragte er.

Ihre Hand begann zu zittern, und ihr Magen zog sich zusammen. »Stephan, das ist vorgegriffen.«

»Ach, es ist nur eine Frage der Zeit«, sagte er voll Zuversicht. »Wenn sich mein Sohn mal fünf Minuten von seinem Bildschirm trennen kann und zur

Besinnung kommt, ist es sicher bald so weit. Wie geht es euch?«, fragte er.

»Gut«, brachte sie hervor und hätte sich fast an dem Wort verschluckt. Bisher hatte sie nie ein Problem gehabt, mit Brads Vater zu reden, aber bisher war sie auch immer zufrieden mit ihrem Arrangement gewesen.

»Ich wollte fragen, ob du und Bradley am Sonntag zu meiner Benefizveranstaltung in New York kommt.«

Sie blickte auf den großen Tischkalender, den sie immer auf dem neuesten Stand hielt, falls Brad mal schnell etwas nachsehen wollte. »Ist das neu? Bei mir steht noch gar nichts im Kalender.«

Senator Ritter lachte leise. »Ja, ich habe Neuigkeiten, und ich möchte meine Familie dabeihaben, wenn ich sie bekanntgebe.«

»Äh ...«

Er lachte. »Mein Sohn soll in seinen schicken Privatjet steigen«, sagte Stephan.

Amanda und Decklan hatten noch nicht entschieden, wer wen besuchen sollte, doch es sah ganz so aus, als würde sie nach New York fliegen. »Selbstverständlich. Ich sage Brad Bescheid«, versicherte sie dem Senator.

»Wundervoll. In meiner Partei legt man großen Wert auf die Familie. Also zieh dein schönstes Sonntagskleid an. Die Veranstaltung findet im Plaza statt.«

Amanda verzog das Gesicht, als er seine Partei erwähnte.

»Okay, ich muss weitertelefonieren. Wir sehen uns am Wochenende.« Der Senator legte auf, bevor sie antworten konnte.

Amanda lehnte sich zurück und stöhnte.

»Irgendetwas nicht in Ordnung?« Brad kam aus seinem Büro. Er trug ein T-Shirt mit Suicide-Bunny und ausgeblichene Jeans – nicht gerade der Stil, der bei den Parteikollegen seines Vaters angekommen wäre.

»Nein, aber du wirst dir den Sonntag freimachen müssen.« Sie schob ihren Stuhl zurück und stand auf. »Ich habe gerade mit deinem Vater geredet. Er will, dass wir bei einer wichtigen Benefizveranstaltung im Plaza dabei sind.«

»Ach du Scheiße. Im Ernst? Am Sonntag wollten wir auf ein Konzert gehen, das hatte ich Keith versprochen.« Brad trat ans Fenster und blickte über die Stadt. »Können wir uns irgendwie drücken?«

»Klang nicht so. Er hat davon geredet, wie wichtig die Familie für die Partei ist.«

Vielleicht konnte sie sich vor dieser Veranstaltung mit Decklan treffen und ihm die Sache erklären, aber zuerst musste sie Brad von ihren Überlegungen erzählen.

Sie rieb sich die Schläfen und spürte, wie sich Kopfschmerzen anbahnten.

»Amanda?« Brad schnippte mit den Fingern neben ihrem Ohr, und sie zuckte zusammen. »Ich habe gefragt, ob alles okay ist.«

Sie war so gedankenverloren gewesen, dass sie weder gehört noch gesehen hatte, wie er neben sie getreten war. »Ja, aber …«

Bevor sie noch mehr sagen konnte, piepte ihr Handy und meldete den Eingang einer Nachricht. Sie nahm es vom Schreibtisch. Decklan stand über dem Text.

Schichtplanänderung. Muss am Wochenende arbeiten. Kann erst Sonntag.

Das war eine herbe Enttäuschung. Obwohl sie ihn erst am Wochenende gesehen hatte, vermisste sie ihn schon jetzt.

Ihr Handy piepte erneut.

Vielleicht kann ich Montag freibekommen, dann hätten wir zwei Tage. Bekommst du das hin?

Als sie nicht gleich antwortete, piepte ihr Handy erneut. *Wir machen es uns schön, dafür sorge ich.*

»Decklan, vermute ich?«, fragte Brad.

Sie sah ihn an und nickte.

»Ihr wart jedes Wochenende zusammen, das ist wohl ziemlich ernst zwischen euch.«

Wieder nickte sie. »Brad, ich muss ihm von unserem Arrangement erzählen. Ich will ihm nichts mehr verheimlichen. Ich hoffe oder glaube zumindest, dass er es versteht.«

Sie schluckte. Die Angst schnürte ihr die Kehle zu. Was, wenn er dann nichts mehr mit ihr zu tun haben wollte? Sie hatte so tief verinnerlicht, dass man von ihr enttäuscht war oder sich von ihr abwandte.

Apropos, sie sah ihren besten Freund an, dessen Stirn gerunzelt war. »Brad? Sag etwas.« Denn auch ihren besten Freund wollte sie nicht verlieren.

»Ich verstehe schon. Natürlich.« Er blickte zum Fenster und sah traurig aus. »Keith ist auch nicht glücklich mit mir oder unserer Situation.«

»Das tut mir leid.«

Er zuckte die Schultern. »Am Anfang war alles ganz einfach. Wir waren so glücklich. Wir haben uns bei einer Kundgebung kennengelernt, weißt du noch? Wie ich mich verkleidet habe, weil ich als Sohn des Senators auf dieser liberalen Demo für die Schwulenehe nicht erwischt werden durfte.«

Sie lachte. »Ich erinnere mich. Baseball-Kappe und dunkle Sonnenbrille. Und dieser schreckliche Bart! Du hast schon besser ausgesehen.« Sie schüttelte den Kopf. Es war unmöglich, bei dieser Erinnerung mit dem Grinsen aufzuhören.

»Ja, Keith fand es auch ziemlich lustig. Ich habe ihn gesehen und mich mit ihm unterhalten und sofort gemerkt, dass er ganz andere Gefühle in mir weckt als andere.«

Amanda stieß die Luft aus. »Das kenne ich. Bei Decklan und mir ist es dasselbe. Es ist so intensiv. Es geht viel tiefer.« Decklan sah sie an, als gäbe es niemand außer ihr, als wäre alles andere unbedeutend. »Aber ich gebe unsere Freundschaft nicht auf. Auch nicht für die Aussicht auf ein Leben in Glückseligkeit.« Nicht dass Decklan ihr die bieten würde. Nicht dass sie wusste, was er wollte. Sie ließ nicht zu, dass er es sagte. Ihre Angst war zu groß. »Aber ich muss die Karten auf den Tisch legen. Danach können wir uns überlegen, wie wir es anstellen.«

Brad berührte ihre Hand. »Ich bin stolz auf dich. Dasselbe sollte ich auch tun. Tief im Inneren weiß ich es.« Er deutete auf seine Brust. »Ich habe nur Angst, alles kaputt zu machen, wofür mein Vater so hart gearbeitet hat.«

»Das verstehe ich. Dafür möchte ich auch nicht verantwortlich sein. Aber ich vertraue Decklan. Er wird uns nicht verraten.« Selbst wenn es ihm nicht gefiel, würde er es niemandem erzählen.

Brad umarmte sie. »Und ich vertraue dir. Du hast recht. Wir finden einen Weg.«

Sie drückte ihn, dann trat sie einen Schritt zurück. »Du warst immer für mich da, du hast mich vor ungewünschten Beziehungen geschützt.«

Denn nach dem verheerenden Erlebnis bei ihrer Entjungferung war sie aufs College gegangen, hatte Brad getroffen und ihn als Schutzwall benutzt.

»Ich hätte mich auf keine eingelassen, selbst wenn mir jemand gefallen hätte. Ich hätte mir gesagt, dass du mich brauchst und ich dich niemals im Stich lassen würde. Das stimmt auch jetzt noch. Aber Decklan ist zu mir durchgedrungen, und nun erkenne ich … dass ich dich als Vorwand benutzt habe, um mich vor der Welt zu verkriechen.«

Brad neigte den Kopf. »Und der Sex im BDSM-Club hatte den gleichen Effekt. Ich bereue fast, dass ich ihn dir empfohlen habe. Das hat dich davon abgehalten, dich mehr zu bemühen.«

Amanda schüttelte den Kopf. Durch den Club hatte sie zu einem neuen Selbstwertgefühl gefunden, dessen war sie sich sicher. »Der Club hatte befreiende Wirkung. Die Regeln boten mir die nötige Sicherheit.« Sie hatte es genossen, auf diese Weise ihren Gedanken zu entkommen.

Doch Decklan war real. Er hatte ihren Panzer durchbrochen und sie zum Leben erweckt. Er bot ihr die Regeln und den Schutz, die sie brauchte.

Wieder piepte ihr Handy. Sie blickte hinab.

Wie sieht es aus? Ich will mit dir zusammen sein. Allein. Ich will dich berühren.

Großer Gott.

Decklan war bereit, ihr alles zu geben. Ein ganzer Schwarm von Empfindungen rumorte in ihrem Bauch. Wärme, Verlangen, Dankbarkeit und … Angst. Denn auch sie stand kurz davor, sich ihm ganz hinzugeben und ihm ihr absolutes Vertrauen zu schenken.

»Ist alles okay?«, erkundigte sich Brad.

Es gelang ihr zu nicken und die alte Unsicherheit zu verscheuchen, die in ihr hochkroch. Denn obwohl Decklan ihr alles gab, was sie brauchte, saß ihre Angst sehr tief. Wenn schon die eigene Mutter mit ihr unzufrieden war, wandte sich bestimmt auch der Mann, den sie in ihr Leben ließ, bald von ihr ab.

Doch Decklan hatte sie vor ihrer Mutter verteidigt. Er sah in Amanda etwas ganz anderes als ihre Mutter. Das war ein Geschenk, wie es ihr noch niemand gemacht hatte.

Sie sah Brad an. »Alles gut.«

Er lächelte, aber seine Augen blieben ernst. »Also, wenn du den Mut aufbringst, dich auf eine echte, ehrliche Beziehung einzulassen, dann sollte ich vielleicht endlich Manns genug sein, mich zu outen.«

Amanda schüttelte den Kopf und stöhnte. »Was sind wir doch für ein Paar.«

»Das waren wir schon immer«, stimmte er zu. »Und das bleiben wir auch. Selbst wenn alles andere schiefgeht: Auf uns können wir uns verlassen.« Er drückte ihr einen Kuss auf die Backe.

»Du bist der Beste.« Sie trat einen Schritt zurück und sah auf ihr Handy.

Dann nahm sie ihren ganzen Mut zusammen und textete: *Ich kann Sonntagabend um fünf bei dir sein.*

Decklan antwortete sofort.

Ich freue mich.

Als Brad weg war, setzte sie sich an ihren Tisch und merkte, dass sie zitterte. Doch diesmal ließ sie die Panik nicht zu und zwang sich, klar zu denken.

Sie wusste genau, woher ihre Angst kam. Solange sie sich darauf berief, dass sie wegen Brad keine Beziehung haben konnte, blieb sie sicher. Aber Amanda wollte sich nicht mehr allein auf Brad konzentrieren, um alle tieferen Empfindungen zu vermeiden. Nein. Sie wollte mehr von dem farbenfrohen Leben, das Decklan ihr bot.

Und sie musste nicht lang nach einem Beispiel suchen, wer seine Vergangenheit ebenfalls erfolgreich hinter sich gelassen hatte. Decklans Schwägerin Isabelle hatte jetzt einen Mann, der sie vergötterte, ein Kind im Bauch und einen Job als Innenarchitektin, den sie nach der Geburt von zu Hause aus machen konnte. Was für ein Leben, dachte Amanda.

Aber auch wenn sie sich ganz auf Decklan einließ, war nicht gesagt, dass sie dasselbe fand wie Isabelle und Gabe. Oder dass sie letztlich nicht verletzt oder zurückgewiesen wurde.

14

Decklan machte sich einen faulen Sonntagvormittag im Wohnzimmer von Gabe und Isabelle. Sein Bruder und dessen Frau wohnten noch immer in ihrem Luxus-Apartment an der Upper East Side von Manhattan, aber sie überlegten, in die Vorstadt zu ziehen. Decklan versuchte, nicht darüber zu lachen, dass sein Bruder so spießig leben wollte, denn eigentlich passte es zu ihm, zumindest jetzt. Vor Isabelle wäre es undenkbar gewesen.

Nachdem Decklan nicht mit Amanda zusammen sein konnte, war ein gemütlicher Tag mit der Familie die zweitbeste Option. Besonders weil Lucy zu Besuch war. Sie wohnte bei Decklan, würde sich aber rarmachen, wenn Amanda kam. Allerdings bestand sie darauf, seine *neue Freundin* noch kurz kennenzulernen, bevor sie ging. Typisch Schwester.

»Was gibt es da zu grinsen?«, fragte Lucy, die im Schneidersitz auf dem Boden vor dem riesigen Fernseher saß. Sie hatte ihr dunkles Haar zu einem losen Pferdeschwanz gebunden und trug einen grauen Jogginganzug. Genau wie er. Es war sehr gemütlich. Im Fernsehen wurde eine Serie wiederholt, die er nicht schaute, also achtete er kaum darauf.

»Ich habe an dich gedacht, Schwesterherz.«

»Haha.« Sie streckte ihm die Zunge raus, wie sie es schon als Kind getan hatte.

»Wow, das zeugt von Reife. Wer würde glauben, dass du die angesagtesten Nachtclubs im Land ausstattest?«

Sie bewarf ihn mit Popcorn.

»Könntet ihr euch benehmen?«, brummte Gabe.

»Gib's zu, ich hab dir gefehlt.«

Gabe brummte nur, und Isabelle lachte. »Ach, was habe ich als Einzelkind nicht alles verpasst.«

»Dafür hast du jetzt Geschwister«, sagte Decklan. Weil Isabelle seinen Bruder glücklich machte, betrachtete Decklan sie tatsächlich schon nach kurzer Zeit als Schwester.

»Danke.« Isabelle warf ihm eine Kusshand zu, und Gabe verzog das Gesicht.

Alles in allem war es ein typisches Familientreffen.

Bald fingen Lucy und Gabe an, über ihr neues Projekt zu reden, und Isabelle blätterte in Baby-Ratgebern herum. Decklan nützte die Gelegenheit und wechselte den Sender. Langsam zappte er sich durch die Programme und blieb bei einem Lokalsender hängen, der eine politische Benefizveranstaltung in New York kommentierte.

Eine Reporterin stand vor dem Plaza in Manhattan. »In wenigen Momenten wird Senator Stephan Ritter eine Bekanntgabe machen.«

Der Senator war wohlbekannt, denn die Medien spekulierten seit Monaten permanent über potenzielle Kandidaten für die Präsidentschaftswahl. Decklan hatte von ihm gehört und wusste von seinen ultrakonservativen Ansichten, doch er schenkte den Kandidaten noch nicht viel Aufmerksamkeit. Das würde er tun, wenn die Auswahl enger war.

»Glaubst du, er lässt sich aufstellen?«, fragte Gabe.

Decklan blickte auf den Fernseher. »Die Experten meinen ja.«

»Oh, schau mal. Da ist er«, sagte Lucy.

Der Senator trat auf ein Podest. Er sagte ein paar einleitende Worte, und Decklan las am unteren Bildschirmrand mit, hielt aber auch ein Auge auf die Bilder, als die Kamera über das Publikum schwenkte, um Reaktionen zu zeigen, bevor sie sich wieder auf den Senator mit dem Silberhaar richtete.

»Und mit dem Segen meiner Familie, meiner wundervollen Frau Nancy …« Die Kamera zeigte die Frau an seiner Seite. »Meinem Sohn Bradley und meiner baldigen Schwiegertochter Amanda Collins, zusammen mit meinem Wahlkampfmanager Mitchel Dawson, der mir von Anfang an zur Seite gestanden hat, und meinen treuen Unterstützern, erkläre ich hiermit meine Absicht, für das Amt des Präsidenten zu kandidieren.«

Der Rest der Bekanntgabe wurde von Applaus verschluckt, doch die Kamera blieb auf die Leute hinter dem Senator gerichtet. Einen Moment verweilte sie bei einem Typ in Anzug und Krawatte, ungefähr in Decklans Alter, und ehe sie zum Wahlkampfteam weiterschwenkte, streifte sie die Frau, die seine Hand hielt. Sie trug einen bieder wirkenden gelben Rock und das passende Jackett dazu, und Decklan hätte schwören können, dass es *seine* Amanda war.

»Die sah aus wie Amanda!«, rief Isabelle und bestätigte seine schreckliche Vermutung.

»Deine Amanda?«, fragte Lucy.

»Scheiße«, murmelte Decklan und versuchte fieberhaft zu verarbeiten, was er gerade gesehen hatte. Entgeistert fuhr er sich durchs Haar und fragte sich, ob er plötzlich in einen Albtraum geraten war.

»Decklan? Keine voreiligen Schlüsse«, warnte Isabelle.

Gabe stand auf. »Aber welchen anderen Schluss sollte es da zu ziehen geben? Offensichtlich führt sie ein Doppelleben. Es ist ja nicht so, als hätte es das in unserer Familie nicht auch schon gegeben.«

Gabe meinte Onkel Robert, den Bruder ihres Vaters in Florida, der neben Frau und vier Kindern noch eine zweite Freundin mit vier Kindern hatte. Niemand hatte davon geahnt, bis eine seiner unehelichen Töchter eine Knochenmarkspende brauchte und Robert seine ehelichen Kinder testen lassen wollte.

Decklan war ganz flau im Magen. Er brauchte Informationen. »Wo ist dein Laptop?«, fragte er seinen Bruder. Unter normalen Umständen hätte er Amanda niemals ausspioniert, doch jetzt musste er mehr erfahren.

»Ich bringe sie um«, murmelte Lucy und ging im Wohnzimmer auf und ab. »Wer sich an meinem Bruder vergreift, bekommt es mit mir zu tun.«

»Könntest du deinen inneren Pitbull an die Leine legen, Schwester?«, sagte Decklan, obwohl ihr Beistand tröstlich war.

Anders als Isabelle, die ihn überraschenderweise von einem schnellen Urteil abhalten wollte, schlossen Lucy und Gabe sofort auf das Schlimmste. Decklan selbst war einfach nur geplättet. Er wusste, was er im Fernsehen gesehen hatte, und ein Senator, der seine Kandidatur bekannt gab, präsentierte sicher nur Fakten.

Also tendierte Decklan zur Sicht seiner Geschwister, auf der anderen Seite war er mit Amanda *zusammen gewesen*. Er hatte sie kennengelernt, mit all ihren Fehlern und Schwächen, er hatte ihren Körper erkundet. Er *kannte* sie.

Oder nicht?

Er war sich nicht mehr sicher.

Da kam Gabe mit dem Laptop aus seinem Büro zurück. Er klappte ihn auf, gab das Passwort ein und reichte ihn seinem Bruder. Decklan setzte sich auf einen Sessel und startete eine schnelle Suche. Es war faszinierend, was er über Bradley erfuhr.

»Allem Anschein nach ist ihr Zukünftiger ...«

»Der, den du für ihren Zukünftigen hältst«, verbesserte Isabelle.

Decklan sah sie an. »Isabelle, du wurdest von deinem Freund betrogen, bevor du Gabe getroffen hast. Entschuldige also, wenn ich deinem Instinkt nicht traue.«

»Pass auf, was du sagst«, knurrte Gabe.

»Ist schon in Ordnung. Ich verstehe, was du meinst, aber jetzt habe ich Gabe«, sagte sie voll Zuversicht. »Ich habe ein Gespür dafür bekommen, ob jemand lügt oder die Wahrheit sagt.«

Gabe zog sie an sich und setzte sie auf seinen Schoß. Weil Decklan nicht in der Stimmung war, einem frisch verliebten Paar zuzusehen, wandte er sich wieder dem Laptop zu.

Lucy trat an seinen Sessel und umarmte ihn von hinten. »Ich liebe dich«, flüsterte sie.

»Ich dich auch.«

»Rede mit Amanda, bevor du irgendwelche Entscheidungen triffst«, bat Isabelle. »Ich kenne sie nicht gut, aber ich mochte sie. Sehr.«

Decklan verzog das Gesicht. Isabelle erinnerte

ihn an eine weitere Dreistigkeit. »Amanda hat mit meiner Familie gefrühstückt. Sie war mit dir beim Einkaufen. Und die ganze Zeit über hatte sie etwas mit einem anderen Kerl?«

»Vielleicht«, beharrte Isabelle.

»Ruf sie an«, meinte jetzt auch Lucy. »Schau, ob sie drangeht.«

Decklan schüttelte den Kopf. »Sie wollte um fünf zu mir kommen. Dann sehe ich, was los ist.«

»So lang kannst du warten?«, fragte seine Schwester erstaunt.

Decklan wirbelte zu ihr herum. »Es geht nicht anders. Ich bin Cop. Ich habe Menschenkenntnis.« Zumindest bildete er sich das ein. »Ich will ihr ins Gesicht blicken, wenn ich ihr erzähle, was ich gesehen habe. Auf diese Weise merke ich, ob sie mich nur ver...« Er unterbrach sich, weil zwei Frauen anwesend waren.

»Ich habe das Wort ›Arsch‹ schon mal gehört«, versuchte Lucy, ihn zum Lachen zu bringen. »Ich habe sogar schon mal einen gesehen.«

Isabelle grinste. Decklan hielt sich die Ohren zu, und Gabes Miene verfinsterte sich noch mehr. »Mir ist egal, wie alt du bist, so etwas sagst du nicht vor deinen Brüdern.«

Lucy und Isabelle lachten beide.

»Also, was wolltest du sagen?«, brummte Gabe.

Decklan blickte auf den Laptop. »Bradley Ritter ist Software-Crack und Milliardär.« Das war das

Erste, was man über ihn erfuhr, abgesehen davon, dass er der Sohn von Senator Ritter war.

»Ist sie deshalb noch mit ihm zusammen? Weil er so reich ist?«, fragte Lucy.

»Nein«, sagte Decklan sofort. Amanda war nicht auf Geld aus. »Ich weiß nicht, was los ist, aber das passt nicht zu der Frau, die ich kenne.«

Dankenswerterweise erinnerte ihn niemand daran, dass er sie vielleicht nicht so gut kannte wie gedacht. Er las weiter und erfuhr alles Mögliche über den Sohn des Senators. Wo er aufgewachsen war, welches College er besucht hatte – dasselbe wie Amanda, was bestätigte, was sie ihm bereits erzählt hatte, nämlich dass sie ihren Freund Bradley an der Uni kennengelernt hatte.

Und als Decklan seinen kleinen Eifersuchtsanfall hatte, weil Amanda mit so viel Wärme über ihren Arbeitgeber sprach, hatte sie ihm nicht widersprochen. Vielmehr war sie in Panik geraten, weil Decklans Eifersucht nicht zu einem One-Night-Stand passte, bei dem es keine Verpflichtungen gab. Darauf hatten sie sich schließlich gleich zu Beginn geeinigt: Keiner von ihnen wollte eine Beziehung. Doch Decklan hatte seine Meinung bald geändert, und Amanda war auch schon auf dem besten Weg dazu. Oder hatte er sich das eingeredet?

Was für ein Witz.

Frustriert fuhr er sich durchs Haar. Er zweifelte nicht daran, dass Amanda etwas für ihn empfand.

Woran er jetzt zweifelte, war ihre Integrität. Kein Wunder, dass sie der Gedanke an etwas Intimes und Dauerhaftes schreckte. Sie war bereits vergeben.

15

Bei der ersten Chance, die sich ihr bot, rannte Amanda aus dem Plaza und schnappte sich ein Taxi zu Decklans Wohnung. Sie war entsetzt und schockiert über die Rede des Senators. Dass er sie öffentlich als zukünftige Schwiegertochter bezeichnet hatte, hatte sie völlig unvorbereitet getroffen. Auch Brad war wie vom Donner gerührt. Jetzt mussten sie beide Schadensbegrenzung bei ihren Partnern betreiben.

Für Amanda spielte es keine Rolle mehr, dass sie vorgehabt hatte, Decklan heute Abend alles zu erzählen, nicht wenn er es bereits wusste. Sie hatte es Brad überlassen, die Glückwünsche entgegenzunehmen und mit den Folgen zurechtzukommen. Es war ihr egal, welchen Eindruck das bei den Parteikollegen des Senators hinterließ. Ihr war alles egal, sie wollte nur zu Decklan und es ihm hoffentlich als Erste erzählen.

Sie stieg aus dem Taxi, drückte seine Klingel und war erleichtert, als er sie gleich reinließ. Als sie vor seiner Wohnungstür stand, war sie völlig außer Atem und von einer Angst erfüllt, die sie gar nicht in Worte fassen konnte. Auf einmal wurde ihr bewusst, wie viel sie zu verlieren hatte.

Sie hob die Hand, um anzuklopfen, doch da flog die Tür schon auf, und Decklan stand vor ihr. Er sah sexy aus in einer grauen Jogginghose und einem weißen T-Shirt, die Muskeln seiner Unterarme traten hervor. Doch seine Augen stoben Funken, als er sie ansah. In ihnen stand nichts als Wut. Sie sah sein ernstes Gesicht, und alle Hoffnung war dahin.

»Du hast die Nachrichten gesehen«, sagte sie.

Er neigte den Kopf, aber seine Miene war unergründlich.

Sie leckte sich die Lippen. »Ich kann es erklären.«

»Das möchte ich hören«, sagte er kühl und winkte sie in die Wohnung.

Sie schluckte und ging an ihm vorbei. Dabei umklammerte sie ihre Handtasche so fest, dass die Knöchel hervortraten. »Decklan, es ist nicht so, wie es aussieht. Oder klingt.«

Er drehte sich um, die Arme vor der Brust verschränkt, vollkommen verschlossen. »Dann hat der Senator nicht in einer Livesendung verkündet, dass er für die Präsidentschaftswahl kandidiert, und seiner Familie gedankt, einschließlich seiner zukünftigen Schwiegertochter Amanda? Und das warst auch nicht du, die da hinter ihm stand, in genau diesem Kostüm?«

Amanda legte ihre Tasche aufs Sofa. »Doch, das hat er gesagt. Er glaubt es sogar, aber es ist nicht wahr. Du weißt, dass es nicht wahr sein kann. Ich bin mit dir zusammen und sonst niemandem.«

Sie streckte die Hand nach ihm aus, doch er wich zurück. »Ihr habt ihn aber nicht verbessert.«

Ein kalter Schauer überzog sie, als sie seine Distanz spürte, emotional wie körperlich. Es war, als würde ihn das Ganze gar nicht betreffen. Es lag noch nicht einmal Wärme in seinem Blick.

Ihr Magen zog sich zusammen, und sie war froh, dass sie vorher nichts gegessen hatte. »Ich konnte nichts sagen. Ich …« Sie sammelte ihre Gedanken und holte Luft. »Ich wollte dir heute alles erzählen. Ich habe Brad gesagt, dass ich nicht will, dass etwas zwischen uns steht.«

»Das hat dich doch bisher auch nicht gestört.«

Oje, es gefiel ihr gar nicht, wenn er so kühl war wie jetzt. »Es stand mir nicht zu, die Geschichte aufzudecken. Decklan, Brad ist schwul. Er outet sich nicht öffentlich, weil sein Vater dieser rechten Partei angehört. Da ich selbst keine Beziehung wollte, haben wir uns eben als Paar ausgegeben. Er hat einen festen Freund. Er liebt ihn, kann aber nicht mit ihm zusammen sein. Nicht in der Öffentlichkeit.«

Decklan schüttelte den Kopf. »Verlange nicht von mir, dass ich ihn bemitleide. Er *wusste*, wir sind zusammen, trotzdem hat er die Sache nicht geklärt und dich da mitreingezogen. Das ist egoistisch.«

Sie schüttelte automatisch den Kopf. »Ist es nicht. Er war immer gut zu mir. Er war immer für mich da.« Sie stöhnte. »Sieh mal, ich habe ihn gleich zu Beginn am College kennengelernt, kurz nach der Geschichte mit diesem Typ, der mich entjungfert hat und mir die Schuld daran gab, dass er zu früh gekommen war. Damals war ich am Boden. Wenn ich Brad nicht als Freund gehabt hätte, wäre ich vielleicht wieder depressiv geworden und hätte an Bulimie gelitten. Ich verlange nicht, dass du Mitleid mit ihm hast, aber bitte versteh ihn doch. Ich hatte das Gefühl, es ihm schuldig zu sein.«

Decklan straffte die Schultern, seine Arme waren verschränkt, man sah ihm die Wut deutlich an. »Und was schuldest du dem Mann, mit dem du geschlafen hast?«

Treffer, versenkt, dachte sie. Seine Worte trafen sie mitten ins Herz. »Das mit uns sollte unverbindlich sein, erinnerst du dich?«, flüsterte sie.

Seine wundervollen Augen funkelten wütend. »Aber es ist verdammt schnell in etwas Ernstes umgeschlagen«, erinnerte er sie und schmetterte sie mit seinen Worten nieder. »Und selbst wenn es nicht so gewesen wäre, du bist im Club. Du kennst die Regeln einer Dom-Sub-Beziehung. Ehrlichkeit ist ein entscheidender Punkt. Verflucht, das ist sie in jeder Art von Beziehung.«

»Ich hatte noch nie eine Beziehung – und das wusstest du.«

Ihre Worte unterbrachen Decklans selbstgerechten Vortrag. Seine Augen wurden schmal. Seine Miene war noch immer versteinert, doch sein Gesicht zuckte und verriet ihr, dass auch sie ihn getroffen hatte.

»Gutes Argument«, sagte er schließlich.

»Was?«

Er kam auf sie zu und sah aus, als würde er zum Sprung ansetzen. »Ich sagte, gutes Argument. Du hast keine Ahnung von Beziehungen.« Er stand so nah, dass sie die Hitze spürte, die er ausstrahlte und die sie genauso erregte wie der Streit.

Ja, es erregte sie, mit ihm zu streiten. Darüber musste sie bei Gelegenheit gründlicher nachdenken.

»Aber du verstehst eine andere Art von Verhältnis, die einzige Form, die du über lange Zeit zugelassen hast, und auch gegen deren Regeln hast du verstoßen.«

Sie blinzelte, als er so streng mit ihr sprach. »Von der Seite habe ich es noch nie gesehen.« Aber hätte man sie im Club beim Lügen erwischt … »Ja, ich verstehe.«

Seine Augen funkelten vor Zorn. »Du verdienst also, bestraft zu werden.«

Normalerweise hätten sie diese Worte angemacht, aber nicht jetzt. Nicht, solange er wütend auf sie war. Es war das erste Mal, dass er enttäuscht von ihr war, und das quälte sie. Es erinnerte sie an ihre ewig enttäuschte Mutter, und sie wollte sich in ihr

Schneckenhaus zurückziehen. Doch sie durfte dem Impuls nicht nachgeben. Sie musste stark sein, Verantwortung übernehmen und die Konsequenzen ihres Handelns tragen.

Leider konnte sie nicht einschätzen, wo sie bei ihm stand, und das irritierte sie. Zwischen ihnen hatte sich ein Abgrund aufgetan, und sie wusste nicht, wie sie ihn überbrücken konnte. »Es tut mir leid, Decklan.«

»Gut zu wissen. Also bringen wir es hinter uns.« Er verschränkte die Arme. »Ausziehen.«

Ihr Herz klopfte so heftig, dass es zu zerreißen drohte. Sie wollte ihn, aber nicht so. Keine Club-Beziehung. Mit ihm wollte sie etwas Echtes. Das, was sie vor dieser schrecklichen Enthüllung gehabt hatten. Bestrafungen waren reizvoll als Spiel, aber nicht, wenn er enttäuscht von ihr war. Doch sie musste sich seine Gunst erst wieder verdienen.

Sie blickte in sein verkniffenes Gesicht und erkannte, wie verletzt er war. Er brauchte ein Ventil, und sie war bereit, es ihm zu liefern. Aber vor allem wollte sie aus dieser Sache lernen. Sie wollte sich ihm öffnen und sich auf eine Beziehung einlassen. Dummerweise wusste sie wirklich nicht, was er von ihr wollte, mal abgesehen davon, jetzt ein Exempel zu statuieren.

Sie schlüpfte aus dem Jackett, faltete es und legte es auf die Couch, dann streifte sie die High Heels ab und stellte sie beiseite.

Er sah in eisigem Schweigen zu. Es war schrecklich. Ihre Hände zitterten, doch sie befolgte seinen Befehl. Sie wand sich aus dem Rock, faltete ihn und legte ihn auf das Jackett. Als Nächstes kam ihr Unterhemd, dann stand sie nackt vor ihm bis auf BH und einen knappen hellgelben Spitzenschlüpfer, die sie passend zu ihrem Kostüm gewählt hatte.

Wenn sie ihm zeigen wollte, dass es ihr leidtat, dass sie mehr wollte als diese Form der Beziehung, dann musste sie seine Mauern durchbrechen. Denn es war nicht nur für sie ein großer Schritt gewesen, ihren One-Night-Stand auszuweiten. Auch Decklan lehnte Beziehungen ab. Für sie hatte er eine Ausnahme gemacht. Und sie hatte ihn enttäuscht.

Sie schlug die Hände vor dem Körper zusammen und wartete auf weitere Anweisungen, während er sie leidenschaftslos ansah. Nur das unauffällige Mahlen seiner Kiefer zeigte, dass er etwas empfand.

Sich vor ihm zu entblößen und keine Reaktion von ihm zu bekommen war schlimmer als das erste Mal, als sie sich für ihn ausgezogen hatte. Damals hatte er sie voll Sehnsucht und Verlangen angesehen. Voller Wärme. Durch ihn hatte sie ihre Komplexe vergessen, und das sollte etwas heißen. Damals hatte sie geglaubt, verletzlicher könnte sie sich nicht fühlen.

Was für ein Irrtum. Diesmal offenbarte sie ihr Äußeres sowie ihr Inneres vor ihm.

Decklan gab offen zu, dass er Amanda einen

Denkzettel verpassen wollte. Er bestrafte sie mit Liebesentzug, um ihr zu zeigen, was sie aufs Spiel gesetzt hatte, indem sie ihm etwas derart Wichtiges vorenthalten hatte. Außerdem musste er dem Ärger Luft machen, der sich in ihm angestaut hatte, seit er sie im Fernsehen gesehen und seine Familie seine Beziehung seziert hatte. Ihnen gegenüber hatte er sich cool und besonnen gegeben, doch im Laufe der Stunden hatten sich der Schmerz und das Gefühl, betrogen worden zu sein, verstärkt. Als Amanda geklingelt hatte, konnte er den Streit mit ihr schon kaum mehr erwarten.

Während er zusah, wie sie sich vor ihm entkleidete, musste er sich mit aller Macht beherrschen, nicht ihre zarte Haut zu berühren. Sich keine Regung anmerken zu lassen, als sie Stück für Stück diesen Körper entblößte, den er so vergötterte. Ihre Brüste waren voll und reif und quollen über den BH. Ihr kaum vorhandener Slip reizte mit weiblichen Verheißungen und Hitze, die sich darunter verbargen. Er wünschte sich nichts sehnlicher, als sich in ihr zu versenken und zu vergessen, dass sie ihm so etwas Entscheidendes verschwiegen hatte. Dass sie ihm nicht genügend vertraut hatte, um ihn einzuweihen. *Dass er ein paar Stunden lang nicht wusste, ob er sie tatsächlich verlor – oder sie vielleicht nie gehabt hatte.*

Es war ein großer Schritt für ihn gewesen, sie an sich heranzulassen und sein Herz für sie zu öffnen, auch wenn er es nicht gesagt hatte. Auch er hatte keine Beziehung gewollt, doch für sie hatte er eine Ausnahme gemacht. Heute war ihm die Illusion von Glück auf einen Schlag entrissen worden.

Dasselbe hatte er schon einmal erlebt. Damals hatte er sich geschworen, sich nie mehr in Sicherheit zu wiegen. Ja, er war wirklich wütend und musste diese Sache klarstellen.

Als sie sich ausgezogen hatte, schlug sie die Hände zusammen und wartete auf seine Anerkennung. Er war nicht bereit, sie zu geben.

Er musterte sie betont kalt und hoffte, dass man ihm das hämmernde Herz und das rohe Verlangen, das er in Wirklichkeit verspürte, nicht anmerkte. »Du befolgst die Anweisung nicht, oder? Ich sagte ausziehen. Ganz.«

Sie nickte knapp, öffnete den BH hinter ihrem Rücken, drehte sich um und legte ihn auf den Stapel. Es juckte ihn in den Fingern, ihre Wirbelsäule nachzufahren und sie nach vorn zu beugen. Sie zu nehmen.

Sie richtete sich auf, streifte ihren Slip ab und legte ihn oben auf die Kleider. Dann straffte sie die Schultern und drehte sich zu ihm um.

Eine dicke Träne lief über ihre Wange.

»Scheiße.« Das war es wirklich nicht, was er wollte. Ihr Weinen rührte ihn an. Er war zwar noch immer wütend auf sie und traute ihr nicht, aber so durfte er sie nicht weiter behandeln.

Er seufzte tief. »Zieh dich an.«

Sie blinzelte verwundert. »Was?«

»Ich sagte, zieh dich an.«

Sie erblasste. Dann wandte sie sich ab und zog sich wieder an. Dabei zitterte sie am ganzen Leib. Offensichtlich hatte er sie nicht erlöst, sondern alles nur noch schlimmer gemacht. Decklan drehte sich weg, während sie sich anzog, und versuchte, seine Gefühle in den Griff zu bekommen. Doch er wusste nicht, was er fühlte, brauchte oder wollte.

Als sie schniefte, drehte er sich um und sah, dass sie auf dem Weg zur Tür war. »Warte.«

»Warum? Ich habe verstanden. Ich hab's vermasselt, und du hast genug. Ich habe keine Lust, die Sache in die Länge zu ziehen oder eine Szene zu machen.«

»Das habe ich nicht gesagt. Oder gewollt. Ich muss mir erst einmal über alles klar werden.« Und darüber hinwegkommen, dass sie einen großen Teil ihres Lebens für sich behalten hatte, während er sich ihr ganz offenbart hatte.

»Was willst du denn noch? Mir fällt nicht mehr ein, als mich zu entschuldigen.«

Da war etwas dran. Er wusste es auch nicht. Es schmerzte, sie anzusehen. Wäre es nur um diesen Moment gegangen, hätte es keine Frage gegeben: Er wollte sie, egal wie. Aber er wollte sie ganz, nicht nur die Teile, die sie freiwillig preisgab.

Ratlos fuhr er sich durchs Haar. »Ich weiß es nicht.«

Sie sah ihn an. »Ich habe dir alles preisgegeben. Du glaubst mir vielleicht nicht, doch es ist wahr. Für mich ist sich nackt auszuziehen dasselbe wie für andere Frauen, ihre Seele preiszugeben. Was du nicht wusstest, hatte also mehr mit Brad zu tun als mit uns beiden.« Sie holte bebend Luft. »Ich gehe jetzt.«

Er wollte sie aufhalten ... aber er konnte es nicht. Vielleicht brauchte er einfach Zeit. Und offensichtlich hatte sie kein Problem damit, sie ihm zu geben.

16

Amanda flog mit Brad zurück nach D.C. Über die Sache mit Decklan wollte sie nicht reden, und nach einer Weile hörte ihr bester Freund auf, sie zu bedrängen.

Doch sobald sie in ihrer Wohnung in Sicherheit war, ließ sie sich hängen. Den ganzen Sonntagabend über klingelte unentwegt ihr Telefon, aber sie ging nicht dran. Nicht bei Brad, nicht bei Freunden, die im Fernsehen von ihrer bevorstehenden Verlobung erfahren hatten, und nicht bei ihrer Mutter. Marilyn hatte gehört, dass ihre Tochter den Sohn von Senator Ritter heiraten würde, den milliardenschweren Software-Guru. Endlich machte Amanda einmal etwas richtig. Ihre Begeisterung war grenzenlos, und sie hinterließ ihr mehrere Nachrichten. Der Einzige, der nicht anrief, war Decklan. Amanda ließ das Telefon klingeln und blieb im Bett.

Am Montag ging sie nicht in die Arbeit. Sie hatte jahrelang für Brad gearbeitet und nur gefehlt, wenn sie ernsthaft krank war oder Brad sie nötigte, Urlaub zu nehmen. Also fühlte sie sich berechtigt, an diesem Tag auszusetzen. Sie rief an und erklärte, dass sie nicht kommen konnte. Es hatte ohnehin keinen Zweck. Sie konnte beim besten Willen nicht aufstehen. Sie hatte furchtbare Kopfschmerzen und fühlte sich total ausgelaugt.

Sie boxte in ihr Kissen und rollte sich auf die Seite, als das verdammte Telefon schon wieder klingelte. Ihr Herz setzte kurz aus und erinnerte sie schmerzlich daran, dass die Hoffnung immer zuletzt starb. Aber bisher wurde sie noch jedes Mal enttäuscht.

Ein Blick auf das Handy. Nein, es war nicht Decklan. Es war zwar noch keine vierundzwanzig Stunden her, doch sie hatte sein ausdrucksloses Gesicht gesehen. Er würde nicht anrufen.

Leider gab ihre Mutter nicht so leicht auf.

»Soll sie mir eben noch so eine blödsinnige Nachricht hinterlassen«, brummte Amanda.

Amanda sehnte sich schon seit Jahren nicht mehr danach, dass ihre Mutter sie so annahm, wie sie war. Ihre Anrufe erinnerten sie nur daran, dass es da noch etwas in ihrem Leben gab, das sie nie hinbekam. Sie wälzte sich nicht in Selbstmitleid, sie musste nur ein paar unangenehme Fakten akzeptieren. Gut möglich, dass sie ihrer Mutter nichts schuldig war, weil ihre Ansprüche zu hoch waren – aber Decklan?

Sie musste es sich eingestehen: Sie hatte ihm etwas Wichtiges vorenthalten, etwas, das sie ihm längst hätte sagen sollen. Jetzt fragte er sich, wie sie eine Beziehung auf einer Lüge aufbauen sollten, und entschied, dass es nicht möglich war. Das konnte sie ihm nicht verdenken. Sie wünschte nur, sie hätte die Sache früher aus seiner Perspektive betrachtet.

Erst hatte sie es damit entschuldigt, dass keiner von ihnen eine Beziehung wollte, und als es ernster wurde, hatte sie einfach den Moment genießen wollen. Sie hatte sich eingeredet, die Sache mit Brad hätte nichts mit ihrem wirklichen Leben und Decklan zu tun. Denn es war leichter, das Problem von sich wegzuschieben, als Decklan die Wahrheit zu sagen oder Brad zu drängen, ihre Vereinbarung zu ändern. Sie war dumm und blind gewesen. Und eigensüchtig. Es stimmte, sie hatte keine Erfahrung mit Beziehungen – genauso wenig wie mit funktionierenden Familien.

Doch all das waren Ausflüchte. Sie hatte es vermasselt. Jetzt bezahlte sie den Preis dafür.

Als es an der Tür klingelte, zog sie die Decke über den Kopf und reagierte nicht darauf. Der Besucher war hartnäckig, aber auch sie gab nicht nach. Irgendwann würde er sie in Ruhe lassen.

Endlich wurde es still. »Gott sei Dank.«

»Was ist los? Brauchst du einen Arzt?«, fragte Brad, der in ihr Schlafzimmer kam.

»Himmel, du hast mich zu Tode erschreckt!« Sie fuhr auf und legte die Hand auf ihr hämmerndes Herz.

»Ich habe doch deinen Ersatzschlüssel. Den hast du mir ja mal für den Notfall gegeben«, sagte er und hob den Schlüsselbund.

»Das hier ist kein Notfall«, brummte sie. »Bitte geh.« Sie ließ sich zurücksinken und verschwand erneut unter der Decke.

»Natürlich ist es einer, wenn du nicht zur Arbeit kommst.« Er setzte sich auf die Bettkante und zog ihr die Decke vom Kopf. »Decklan hat es wohl nicht gut aufgenommen?«, fragte er voll Mitgefühl.

»Er hatte es im Fernsehen gesehen.« Sie stöhnte, als sie daran dachte, wie kühl er sie empfangen hatte und was danach alles passiert war.

»Es tut mir so leid.« Brad breitete die Arme aus, und sie legte den Kopf an seine Brust und ließ sich trösten.

»Er ist verletzt und wütend.« Sie nannte keine Details ihrer Auseinandersetzung, das blieb zwischen Decklan und ihr. »Das Dumme ist, er hat nicht unrecht.«

»Nein. Aber wenn er dich so gut kennt, wie du sagst, versteht er sicher, dass du ein großes Herz und nur einem Freund geholfen hast.«

Sie sah zu ihm auf. »Er versteht, dass ich ihn nicht an erste Stelle gesetzt habe. Du warst mir wichtiger als er. Und weißt du was? Er hat recht«, sagte sie und erkannte es zum ersten Mal selbst.

Sie setzte sich auf und verschränkte die Arme vor der Brust. »Hätte ich ihn im Fernsehen an der Seite seiner zukünftigen Frau gesehen, wäre ich nicht nur ausgeflippt, ich hätte ihn vermutlich umbringen wollen.« So gesehen hatte sie Glück, dass sie sich nur ausziehen musste, bevor er es sich anders überlegt hatte.

Als sie erkannte, wie selbstsüchtig und dumm sie gewesen war, formte sich erneut ein Kloß in ihrem Hals. Sie und Brad – sie beide waren egoistisch gewesen. »Was ist mit Keith?«

Brad setzte sich auf die Bettkante und stieß einen Seufzer aus, der nichts Gutes verhieß. »Er hat es sich angeschaut, weil ich ihm von der Pressekonferenz erzählt hatte, sobald ich davon erfuhr. Als ich heimkam, hatte er die Koffer schon gepackt.«

»Was? Warum jetzt, er wusste doch die ganze Zeit davon?«

»Die Ankündigung hat es ihm noch mal so richtig reingerieben, dass wir nie zusammenleben können. Eine solche Beziehung will er nicht mehr«, sagte Brad, und man hörte ihm den Kummer an.

»Oh Mann. Dann haben wir beide jemanden verloren, den wir lieben.« Sie blinzelte, als ihr das Wort *lieben* über die Lippen kam. Die Erkenntnis traf sie wie ein Schlag. Sie liebte Decklan. Sie wusste nicht, warum es so lange gedauert hatte, bis sie sich darüber im Klaren war. Vielleicht weil sie noch nie so tief für einen Menschen empfunden hatte – außer für Brad, doch mit ihm verband sie eine Freundschaft.

Sie unterdrückte ein Schluchzen. Schließlich war sie nicht die Einzige, die litt.

»Hat er wirklich endgültig Schluss gemacht?«, fragte Brad.

Amanda zuckte die Schultern, während ihr erneut die Tränen kamen. »Ich glaube, er braucht Zeit, aber ich weiß nicht, ob er mir je wieder trauen wird.«

Erneut musste sie sich eingestehen, dass es auch ihr Vertrauen tief erschüttert hätte, wären die Rollen vertauscht gewesen. Insbesondere, weil dieses Vertrauen keine Selbstverständlichkeit war – für keinen von ihnen beiden.

»Was willst du tun?«, fragte sie ihren besten Freund.

»Das, was ich von Anfang an hätte tun sollen: Ich werde meinen Eltern sagen, dass ich schwul bin, und hoffe auf das Beste.«

Amanda blinzelte. »Wirklich? Bist du bereit dazu?«

»Ich bin nicht bereit, den Mann zu verlieren, den ich liebe.«

Sie wünschte, er hätte sich früher dazu entschieden, bevor eine Welt für sie zusammengebrochen war, doch das konnte sie ihm nicht sagen. Außerdem hätte es nichts geändert. »Was glaubst du, wie er reagiert?«

»Öffentlich ist er gegen Homosexualität und gleichgeschlechtliche Beziehungen. Aber das ist die

Parteilinie. Das war mir immer klar, und ich habe ihn nie auf das Thema angesprochen.« Er senkte den Kopf. »Ich glaube, ich war ein Feigling. Ich habe seine politische Zukunft als Ausflucht genutzt.«

»Ich bin mir sicher, es ist nicht einfach.«

»Kommst du mit, wenn ich es ihm erzähle?«, fragte er und nahm ihre Hand.

»Natürlich.« Sie ließ ihn nicht alleine gehen. Der Senator war zwar nicht ihr Vater, aber an der Lüge war auch sie beteiligt.

Ein paar Tage später standen Amanda und Brad in der neuen, eilig eingerichteten Wahlkampfzentrale von Senator Ritter. Nach vierundzwanzig Stunden hatte sich Amanda endlich zusammengerissen, war aus dem Bett gestiegen und zur Arbeit zurückgekehrt. Sie hatte Brad versprochen, ihm beizustehen, wenn er seinem Vater von seiner sexuellen Orientierung erzählte, und sie hielt Wort.

Empfangen wurden sie von Mitchell Dawson, dem Kampagnenmanager des Senators, einem schmierigen Typ, den Amanda noch nie leiden hatte können. Das war auch jetzt nicht anders. Er begrüßte sie höflich, aber nicht herzlich, und führte Brad und sie in das große Büro des Senators … und wollte offensichtlich bleiben. Er machte keine Anstalten, den Raum zu verlassen.

Amanda warf Brad einen besorgten Blick zu, doch der zuckte nur die Schultern. Sie nahm an, dass er nichts anderes erwartet hatte. Mitchell war überall dabei, selbst bei privaten Familienzusammenkünften der Ritters, stumm, aber stets anwesend. Auch deswegen war er Amanda unheimlich.

»Bradley, Amanda! Es ist so schön, euch beide zu sehen.« Stephan nahm Amandas Hand und küsste sie auf die Wange. »Du siehst blass aus. Geht es dir gut?«, fragte er.

Sie nickte. »Ich war krank, aber es ist schon wieder besser.« Sie zwang sich zu lächeln.

»Tja, das ist schön. Bradley, pass gut auf dein Mädchen auf.« Er klopfte seinem Sohn auf die Schulter. »Es tut mir leid, dass deine Mutter nicht dabei ist, aber sie ist noch immer in New York und trifft sich mit den Strategen, die wir angestellt haben.«

»Das ist okay. Ich rede mit ihr, wenn sie zurückkommt. Äh ... Dad, können wir uns allein unterhalten?« Er neigte den Kopf in Richtung Mitchell, der hinter dem Schreibtisch des Senators an der Wand lehnte.

»Komm schon, Brad. Ich kenne dich, seit du so groß warst.« Mitchell hielt die Hand auf Kinderhöhe.

Stephan sah Brad fragend an, doch der schüttelte den Kopf.

»Mitchell, bitte entschuldige uns. Lass mich mit meinem Sohn und Amanda sprechen.«

»Aber ...«

Der Senator richtete sich zu voller Größe auf. »Geh, Mitchell. Ich bin mir sicher, du hast jede Menge zu erledigen.« Er warf seinem Helfer einen mahnenden Blick zu und zwang ihn, den Raum zu verlassen.

Mitchell fügte sich murrend, ließ jedoch die Tür einen Spalt breit offen.

Amanda wusste nicht, wie sie Brad darauf aufmerksam machen sollte, also ließ sie es bleiben.

»Setzen wir uns.« Stephan deutete auf eine Sitzgarnitur in der Ecke des Büros, die man offensichtlich für vertraulichere Gespräche aufgestellt hatte.

Sie ließen sich gemeinsam nieder.

»Also, was gibt es?«, fragte Stephan und beugte sich nach vorne.

Brad griff nach Amandas Hand und hielt sie fest. »Dad, ich weiß, du denkst, Amanda und ich wollen uns verloben. Ich weiß, dass du sie liebst, und ich liebe sie auch. Aber die Sache ist ...«

Er drückte ihre Hand fester. Ein kurzer Seitenblick zeigte ihr, dass ihm der Schweiß ausgebrochen war. Offensichtlich war es noch viel schwerer, als er es sich ausgemalt hatte.

Sie erwiderte den Druck, um ihn zu unterstützen.

»Die Sache ist«, fing er noch einmal an. »Ich bin schwul.«

»Ich weiß.«

Amanda blinzelte verblüfft. *Er wusste es?*

Brad verschluckte sich heftig. »Was? Seit wann? Warum hast du nichts gesagt?«

»Bradley …«

Aber Bradley war noch nicht fertig. »Warum hast du nichts gegen diese Farce unternommen, sondern sie im Gegenteil noch bestärkt, indem du vor der Presse unsere Verlobung angekündigt hast?«, fragte er frustriert, und seine Stimme wurde immer lauter.

Stephan berührte Brad am Rücken. »Mein Sohn, solange du nicht bereit für dein Coming-out warst, stand es mir nicht zu, es für dich zu tun.«

Brad lief rot an.

»Und sind wir mal ehrlich«, fuhr der Senator fort. »Deine Beziehung war förderlich für meine Karriere und meine Stellung in der Partei.«

Amanda hörte ungläubig zu und schwieg, schließlich war das hier nicht ihre Familie oder ihr Problem.

»Aber deine Laufbahn und die Partei sind der einzige Grund, warum ich mich bisher nicht zu meiner Homosexualität bekannt habe.« Brad stand auf und fing an, vor dem großen Schreibtisch des Senators auf und ab zu laufen. »Ich wollte nicht zerstören, wofür du dein Leben lang gearbeitet hast, deshalb habe ich geschwiegen. Aber diese Lüge zehrt seit Jahren an mir. Sie hat einen Keil zwischen mich und den Mann getrieben, den ich liebe, und auch Amanda musste dafür bezahlen.«

Senator Ritter stand auf, und Amanda tat es ihm gleich. »Schiebe deine Entscheidungen nicht auf mich, Bradley. Ich habe dich nie gebeten zu lügen oder dich als etwas auszugeben, das du nicht bist, um meiner Laufbahn zu dienen. Das hast du selbst getan. Zugegeben, ich habe es zugelassen, aber glaube nicht, dass du diese Entscheidung nicht selbst getroffen hast.«

Brads Schultern sanken immer tiefer, während er seinen Vater schweigend anhörte.

»Ich will nicht sagen, dass ich es nicht zu schätzen wüsste, dass du dir so viele Gedanken um mich und meine Karriere gemacht hast. Das tue ich, und ich bin dir dankbar dafür. Aber eins muss klar sein: Ich habe dich nie darum gebeten oder dazu genötigt. So etwas würde ich nie tun.«

Nach dieser Ansprache konnte sich Amanda den Senator durchaus als Präsidenten vorstellen. Er hatte genug Selbstvertrauen, um fest an sich zu glauben, er brachte es fertig, den eigenen Sohn leiden zu lassen, ohne ihm einen Ausweg zu bieten, und er verstand es, jede Situation so hinzudrehen, dass er im Recht war. Denn seine Argumente waren nicht von der Hand zu weisen. Brad und sie hatten sich tatsächlich selbst zu dieser Lüge entschieden. Jetzt musste sie mit den Konsequenzen leben.

Brad fuhr sich durch das Haar, das er für diesen Anlass ordentlich frisiert hatte. Ein weiterer Beweis für den Schwindel, den er vor seinem Vater aufrechterhielt. Natürlich, ohne sich dessen bewusst zu sein. Allem Anschein nach mussten sie beide noch erwachsen werden und an sich arbeiten.

»Großer Gott, ich kann nicht glauben, dass du es wusstest.« Brads Augen waren gerötet.

Der Senator legte einen Arm um seinen Sohn. »Und was jetzt? Ich weiß, dass du mehr tun willst, als mir zu sagen, dass du schwul bist.«

Brad straffte die Schultern und stellte sich seiner neuen Entscheidung. »Ich möchte mich öffentlich zu meiner Homosexualität bekennen. Ich schätze, wenn Dick Cheneys Karriere nicht an seiner lesbischen Tochter scheiterte, wird es auch deine überleben.«

»Den Teufel wird sie das«, rief Mitchell, der zurück ins Büro gestürmt kam.

Zu ihrer Überraschung hatte Amanda vergessen, dass er zugehört hatte.

»Wir haben zu hart gearbeitet, um an diesen Punkt zu gelangen. Das können wir jetzt nicht in den Sand setzen.« Der Kampagnenmanager lief krebsrot an, während er sprach.

»Beruhige dich, Mitchell. Wir leben nicht im Mittelalter. Das bekommen wir hin. Es ist ja nicht so, dass ich keinen Notfallplan parat hätte«, murmelte der Senator. »Wir setzen uns mit einem einfühlsamen Journalisten zusammen. Als Familie. Wir wählen jemanden aus, dem wir vertrauen können, jemanden, der für kritische Fragen bekannt ist, der

Story aber den richtigen Dreh gibt.« Er war wieder ganz der Politiker.

»Weiß Mom es auch?«, fragte Brad.

Der Senator sah seinem Sohn in die Augen. »Sie hat dich großgezogen. Was meinst du denn?«

Amanda winselte. Es tat ihr leid für Brad. Beide Eltern hatten ihm verweigert zu sein, wer er wirklich war, unter dem Vorwand, dass er es ihnen nie gesagt hatte. Aber Brad hatte geschwiegen, um seinen Vater zu schützen, Stephan dagegen schwieg, um seinen Aufstieg voranzutreiben oder ihn zumindest nicht zu bremsen, während er auf eine führende politische Position hinarbeitete. Auf der anderen Seite akzeptierte er seinen Sohn jetzt, wie er war, und das war mehr, als Amanda von ihren Eltern behaupten konnte.

»Das ist doch Unsinn«, brummte Mitchell. Er nahm einen Briefbeschwerer aus Glas und sah ihn an, als wollte er ihn durch das Fenster werfen. Oder Brad an den Kopf. So, wie er Amandas Freund ansah, war beides möglich.

Stephan ging zu seinem besten Freund. »Bitte, Mitchell, leg dieses Ding weg, und lass uns an die Arbeit gehen. Setze eine Liste möglicher Journalisten auf. Wir müssen uns überlegen, wie wir den Schaden möglichst gering halten können.«

»Das geht nur, wenn alles weitergeht wie bisher. Der Partei wird das gar nicht gefallen. Du hast gerade deine Kandidatur angekündigt. Du ziehst Stimmen und Geld aus dem rechten Lager. Niemandem wird es gefallen, dass du zu deinem *warmen* Sohn stehst.« Er stieß das Wort verächtlich hervor.

Brad zuckte zusammen. Amanda war entsetzt.

»Das reicht!« Stephans Stimme polterte durch das Büro, und Amanda trat einen Schritt zurück und rempelte gegen Brad. Er zog sie weg von den zwei wütenden Männern.

»Wie redest du denn von meinem Sohn?«, fragte Stephan. »Deine Ansichten sind mir egal. Aber wenn du über meine Familie sprichst, erwarte ich Respekt.«

Keiner der Männer achtete auf Brad, aber Amanda spürte, wie ihn ein Zittern durchzog, als ihn sein Vater verteidigte.

Der Senator und Mitchell stritten weiter über den Effekt, den Brads Homosexualität und der Plan seines Vaters auf die Kampagne haben würde und was es für seine Partei bedeutete.

»Wir sollten gehen«, unterbrach Brad die Männer, als deutlich wurde, dass sich dieser Streit noch hinziehen würde.

Stephan nickte. »Ich gebe dir Datum und Uhrzeit für das Interview bekannt«, sagte er und ignorierte Mitchell für einen Moment. »Kann ich bis dahin von euch erwarten, dass ihr weitermacht wie bisher? Zu den Veranstaltungen kommt und eure Rolle spielt?«, fragte er, als wäre es schon ausgemacht. Und das war es auch.

Amanda würde Brad oder seine Familie nie im Stich lassen.

»Natürlich«, sagte Brad.

Amanda brachte ein Nicken zuwege.

Unter den wütenden Blicken von Mitchell drehte sie sich um und folgte Brad aus dem Büro. Ihr brummte der Schädel nach diesen Ereignissen. Letztlich hatte Brad eine entscheidende Schlacht gewonnen und würde Keith vielleicht behalten.

Sie wusste nicht, ob sie von Decklan und sich das Gleiche sagen konnte.

17

Wegen einer Sommergrippe, die auf dem Revier umgegangen war, hatte Decklan die ganze Woche über Sonderschichten eingelegt. Er war froh darüber, dass er sich auf Streife ablenken konnte, aber das hielt ihn auch nicht vollkommen davon ab, an Amanda zu denken. Immer wieder ging er ihren Streit im Kopf durch.

Allem Anschein nach war sie direkt nach der Bekanntmachung des Senators zu ihm gekommen, um sich zu erklären. Doch anstatt ihr einfach zuzuhören, hatte er sie gedemütigt. Er konnte nicht vergessen, wie niedergeschlagen sie ausgesehen hatte. Natürlich hatte sie etwas verschwiegen, nicht er, dennoch war seine Reaktion daneben gewesen.

Seine Geschwister fragten ständig bei ihm nach, was aus der Sache mit Amanda geworden war, aber er brachte es nicht über sich, ihnen den ganzen verdammten Schlamassel zu gestehen. Er hatte Probleme genug, es vor sich selbst zu rechtfertigen. Doch sowenig er vergessen und verzeihen konnte, so wenig konnte er sich vorstellen, Amanda endgültig den Rücken zu kehren und sie nie mehr zu sehen.

Jetzt lagen ein paar freie Tage vor ihm. Nach seinem letzten Einsatz auf Streife parkte er vor dem Revier, schloss den Wagen ab und ging hinein. Er hatte noch etwas Papierkram zu erledigen, bevor er heimfahren konnte. Mit etwas Glück war er endlich müde genug, um zu schlafen, anstatt sich im Bett hin und her zu wälzen und den Streit mit Amanda in Endlosschleife Revue passieren zu lassen.

Ein dunkelhaariger Mann saß vor seinem Schreibtisch. Decklan musterte ihn kurz im Profil und erkannte seinen Besucher: Bradley Ritter. Obwohl sie einander noch nie begegnet waren und die Jeans und das Windmühlen-T-Shirt mit der Aufschrift »Saubere Energie« wenig Ähnlichkeit mit dem Anzug hatten, den er im Fernsehen getragen hatte, erkannte er Amandas besten Freund.

Er atmete durch und trat in seinen eigenen Bereich hinter dem Schreibtisch, ehe er sich seinem Gast zuwandte.

Dieser stand schnell auf.

»Setzen Sie sich, Ritter.« Decklan folgte seiner eigenen Aufforderung und ließ sich auf seinem Bürostuhl nieder.

»Dann muss ich mich also nicht vorstellen«, sagte Brad und setzte sich wieder.

Decklan schüttelte den Kopf. »Ich erkenne den Zukünftigen meiner Freundin«, teilte er gleich mal den ersten Schlag aus.

Ritter ließ sich nicht beeindrucken. »Wenigstens bezeichnen Sie sie noch immer als Freundin.«

Decklan stöhnte. Er war nicht in der Laune, sich mit diesem Kerl herumzustreiten. »Was wollen Sie?«

Brad sah ihm in die Augen. »Amanda hat also recht. Sie sind angepisst.«

Als ihr Name fiel, straffte Decklan die Schultern. Es passte ihm nicht, dass sie mit einem anderen Mann über ihre Beziehung geredet hatte. Selbst wenn es ihr schwuler bester Freund war.

»Ich bin so manches, allerdings werde ich das nicht mit Ihnen besprechen. Aber wo Sie schon mal da sind, sage ich Ihnen vielleicht ein paar Dinge über *Sie*.«

»Nur zu«, ermutigte ihn Brad.

»In Ordnung.« Decklan merkte plötzlich, wie sehr er sich diese Gelegenheit gewünscht hatte, ohne sich dessen bewusst zu sein. »Sie mögen ein Genie beim Programmieren sein, Ritter, aber ich weiß nicht, ob Sie auch die Natur der Menschen verstehen. Ich bin mir darüber im Klaren, dass Sie für Amanda da waren, als sie Sie gebraucht hat, und wie sehr Amanda Sie liebt.« Obwohl er von freundschaftlicher Liebe sprach, schmerzte es Decklan, dieses Wort auszusprechen.

Er beugte sich vor und kam langsam in Fahrt. »Aber Sie haben ihr problematisches Elternhaus und ihr Bedürfnis, geliebt und gebraucht zu werden, ausgenutzt. Anstatt ihr zu helfen, ihre Komplexe zu überwinden und offen zu sein, haben Sie ihr die Möglichkeit gegeben, sich zu verstecken. Und das, weil es *Ihnen* in den Kram gepasst hat. Weil sie Ihnen die dringend benötigte Deckung gab.« Zufrieden lehnte sich Decklan zurück, bevor er zum Abschluss kam: »Und das, mein Freund, ist eigennützig. Und feige.«

Brad zuckte die Schultern. »Genauso, wie sich nicht vor der Familie zu outen. Ja, schon klar.«

Decklan blinzelte. Brad hatte ihm gerade zugestimmt. Damit hatte er nicht gerechnet, und es frustrierte ihn zu Tode. Wie konnte er seine Wut an diesem Mann auslassen, wenn er nicht zurückschlug? »Was kann ich für Sie tun, Ritter?«, fragte er erneut.

»Ich wollte selbst mit Ihnen reden. Ich wollte mir den Mann ansehen, in den sich Amanda so schrecklich verliebt hat. Scheiße, ich möchte mich vergewissern, ob Sie *gut genug* für sie sind.«

»Im Ernst? Sie sind hier, um mich zu beurteilen?«, fragte er entrüstet. Schließlich war er der Angeschmierte, nicht sie.

Ritter sah ihm fest in die Augen. »Als ihrem besten Freund denke ich, dass mir das zusteht. Daher: Ja. Sie sitzt zu Hause und weint sich die Augen aus.

Sie kommt nicht mehr regelmäßig zur Arbeit, was untypisch für sie ist. Und ich möchte wissen, ob Sie das wert sind.«

Seine Worte trafen Decklan bis ins Mark. Amanda zu verletzen war das Letzte, was er beabsichtigt hatte.

Aber was hatte er erwartet? Er hatte ihr befohlen, sich auszuziehen, und dann hatte er sie abgewiesen und ziehen lassen.

Er hatte sich selbst so leidgetan, dass er keinen Gedanken an ihre Gefühle verschwendet hatte. Wirklich heldenhaft. Das wurde ihm jetzt bewusst.

»Das war nicht meine Absicht«, brummte Decklan.

»Für jemand, der ihre Schwächen angeblich ganz genau kennt, sind auch Sie ziemlich sorglos damit umgesprungen. Amanda ist für Sie über ihren Schatten gesprungen, und wo waren Sie?«

Decklan zog die Schultern ein. Von Brads Standpunkt aus gesehen war Decklan tatsächlich genauso mies wie ihr Freund gewesen. Er strich sich über den Kopf und stöhnte.

»Falls es Sie interessiert, ich habe mich vor meinem Vater geoutet«, sagte Brad und stand auf. »Freitagnachmittag müssen Amanda und ich ein letztes Mal als Paar an einer Veranstaltung teilnehmen. Freitagabend gibt mein Vater ein Interview, bei dem er meine sexuelle Orientierung enthüllen möchte. Danach sind wir frei. *Sie* ist frei.« Er machte eine bedeutungsschwere Pause. »Es liegt an Ihnen, was Sie damit anfangen.«

Amanda und Brad flogen zu einem Mittagessen mit der Familie Ritter nach New York. Amanda reiste am Vortag an und verbrachte die Nacht in ihrem angemieteten Apartment. Der Kummer, der sie in D. C. heruntergezogen hatte, folgte ihr. Genau genommen war er in New York noch schlimmer, weil sie hier näher bei Decklan war. Die Ironie lag darin, dass er ihr nie ferner gewesen war.

Sie hatte sich auf jede erdenkliche Weise für ihn entblößt, doch er hatte sie gehen lassen. Er wusste, dass es ihr leidtat und dass sie eine Beziehung mit ihm eingehen wollte. Jetzt war er am Zug, und sein Schweigen sprach Bände.

Nur noch eine Veranstaltung für den Senator, dann konnte sie Manhattan den Rücken kehren und musste nie wieder herkommen. Sie hatte sich fest vorgenommen, nach dem heutigen Tag nicht länger an Kutschfahrten mit dem Mann ihrer Träume zu denken, an Orgasmen, die nicht enden wollten, oder an erotische Spielchen mit Eiscreme und Schokosoße.

Fürs Erste musste sie sich auf dieses Mittagessen konzentrieren. Sie wählte ein einfaches schwarzweißes Kleid, schwarze Pumps und unauffälligen Schmuck. Es gab keinen Anlass, die Aufmerksamkeit auf sich zu lenken. Im Grunde war es nur ein Fototermin für den Senator, und es würde das letzte Mal sein, dass sie diese Farce in der Öffentlichkeit spielen musste.

Abgesehen davon war es ihr erstes Zusammentreffen mit Brads Familie seit seinem Coming-out. Soweit ihr Brad erzählt hatte, gingen seine Eltern locker mit der Wendung um und waren entschlossen, das Beste aus seiner Entscheidung zu machen, sich auch öffentlich zu outen. Parteipolitische Probleme und Rückschläge in der Kampagne wollten sie auf sich zukommen lassen, um sich dann damit zu befassen.

Der erste Schritt war ein Interview mit Jessica Conrad, einer Reporterin, die ökonomisch rechte Ansichten vertrat, in gesellschaftlichen Fragen aber eher liberal eingestellt war. Bei ihr hoffte der Senator auf das nötige Verständnis, daher hatte er sie für das Familieninterview ausgewählt.

Zu ihrer Erleichterung nahm Amanda nicht daran teil, doch man hatte sie vorgewarnt, dass sich die Medien im Anschluss bei ihr melden könnten, um sie über ihre Rolle als Alibifreundin von Bradley zu befragen.

Der Senator hatte jemanden mit der Angelegenheit betraut, der entscheiden würde, ob und welche Interviews förderlich für die Kampagne wären. Für den Fall, dass sich Amanda äußern musste, würde man sie mit einem Medientraining vorbereiten.

Sie hoffte inständig, alle würden einsehen, dass sie nichts Entscheidendes beizutragen hatte, und alle Anfragen abgelehnt wurden.

Unterdessen wartete sie auf die Limousine, die sie zum Restaurant fahren sollte, und fragte sich, ob ihr Kummer jemals nachlassen würde. Trennungen waren scheußlich, auch deshalb beglückwünschte sie sich dazu, dass sie Beziehungen über lange Zeit vermieden hatte, und über zukünftigen Trennungsschmerz musste sie sich keine Sorgen machen. Sie konnte sich nicht vorstellen, jemals wieder ihr Herz für jemanden zu öffnen. Abgesehen davon konnte sie unmöglich auch nur halb so viel für einen anderen Mann als Decklan empfinden.

Das Essen war eine unerfreuliche Veranstaltung in einem abgelegenen Restaurant, das nicht einmal Brads Mutter kannte, die sehr viel in New York war. Mitchell Dawson hatte es angeblich ausgesucht, weil der geladene Sponsor einen privaten Rahmen bevorzugte. Der Kampagnenmanager war missmutig und immer noch sichtlich verärgert über die Pläne des Senators. Brad gegenüber war er abweisend, und allgemein verbreitete er schlechte Laune. Amanda war froh, als er sich entschuldigte, weil er angeblich einen Anruf annehmen musste. Sobald er weg war, hob sich die Stimmung am Tisch, und Amanda bekam ihr Essen herunter.

Leider stieß Mitchell vor dem Restaurant erneut zu ihnen und zog sofort den Senator beiseite, um sich vertraulich mit ihm zu unterhalten. Als gute Politikergattin verwickelte Brads Mutter Nancy den Sponsor in ein Gespräch und ließ Brad und Amanda in Ruhe.

»Danke, dass du mich zum letzten Abendmahl begleitet hast«, witzelte Brad.

Amanda lachte. »Gern geschehen. Ich bin froh, dass es nun fast vorbei ist. Hoffentlich läuft das Interview glatt für dich.«

Er zuckte die Schultern. »Es läuft, wie es läuft. Ich will es einfach nur hinter mich bringen. Dann kümmere ich mich noch um den Medienrummel und lebe wieder mein Leben. Und du?«

»Was soll mit mir sein? Ich stelle mich der Presse, wenn dein Vater das will. Ich komme wieder zur Arbeit. Ich lasse mir mein Berufsleben nicht kaputt machen, nur weil es in der Liebe bei mir nicht geklappt hat. Es tut mir leid, dass ich dich letzte Woche hängen gelassen habe.«

Brad verzog das Gesicht. »Entschuldige dich nicht. Ich habe dich in eine schreckliche Situation gebracht und hätte dieses Theater vor Jahren beenden sollen.«

Sie kräuselte die Nase. »Wovon redest du? Dieses Arrangement hat mir genauso geholfen wie dir, zumindest bis vor Kurzem. Wir haben beide davon profitiert.«

Er nahm ihre Hand. »Decklan hatte recht. Es war egoistisch von mir, und …«

»Moment. Du hast mit Decklan gesprochen? Wann?«

Ein lauter Knall zerriss die Luft, bevor Brad antworten konnte. Amanda kreischte, als sich ein Blutfleck auf Brads Brust ausbreitete und er vor Schreck erstarrte. Er griff sich ans Hemd, doch es sickerte rot zwischen seinen Fingern hervor. Amanda stand unter Schock, reagierte dann aber.

»Großer Gott!«, schrie sie. »Brad! Hilfe! Jemand hat auf ihn geschossen!« Sie legte ihn auf die Seite und war sich nicht sicher, was sie tun sollte. Wie sie die Blutung stoppen konnte. Sie drückte ihre Hände auf seine, ein Schluchzen blieb ihr in der Kehle stecken, als scharlachrotes Blut über ihre Finger lief.

Nancy eilte herbei und presste ihre Hände auf die von Amanda. »Ruf den Notarzt!«

Zitternd zog Amanda ihre glitschigen Hände unter denen von Nancy hervor, wischte sie an ihrem Kleid ab und nahm ihr Handy. Die ganze Zeit über redete Brads Mutter auf ihren Sohn mit beruhigender und tröstender Stimme ein und bat ihn, die Augen offen zu halten. Bei Bewusstsein zu bleiben.

Die Welt verschwamm vor Amandas Augen, während sie wählte und zitternd auf Antwort wartete. Aus den Augenwinkeln sah sie, dass Mitchell den Senator zu Boden gestoßen und ihn mit seinem Körper bedeckt hatte.

Als sich die Notrufzentrale meldete, riss sich Amanda zusammen, um die Fragen zu beantworten, die man ihr stellte. Einige Minuten später, die ihr wie eine Ewigkeit erschien, drang endlich das Geheul einer Sirene durch das Chaos um sie herum.

»Gott sei Dank.«

18

Decklan hatte sich mit Max im Club verabredet. Es war sein erster Besuch hier, seit er das letzte Mal mit Amanda gegangen war, und er hatte die Location nicht vermisst. Dennoch war es jetzt sehr angenehm, mit einem Softdrink an der Bar zu sitzen und auf seinen besten Freund zu warten. Vor allem, weil er zu einer Entscheidung mit Amanda gekommen war und Zeit totschlagen musste, bevor er tätig werden konnte. Weil er für das Gespräch mit Amanda einen klaren Kopf haben wollte, verzichtete er auf Alkohol.

Tagsüber fanden keine Sessions statt, nur wenige Clubmitglieder waren da und tranken etwas oder unterhielten sich. Auf einem großen Flachbildschirm über der Bar liefen Nachrichten, und Decklan verfolgte den Nachrichtenticker am unteren Bildschirmrand, während er auf Max wartete.

»Schön, dich zu sehen«, sagte Max und setzte sich auf den Hocker neben ihn. »Also, wie steht es mit Amanda? Seid ihr wieder glücklich vereint?«

Max wusste in groben Zügen von Amandas Scheinbeziehung mit Brad. Von der Zusammenkunft danach hatte Decklan nichts erzählt, besonders nicht von seinem Verhalten. Ihm war immer klar gewesen, dass er sich bei ihr entschuldigen musste, unabhängig davon, ob er sich eine Zukunft mit ihr wünschte. Er hatte ihre Schwäche gegen sie verwendet, doch *das* war nicht seine Absicht gewesen.

»Noch nicht. Aber ich werde bald mit ihr reden. Sie hat einen letzten Termin mit den Ritters.« Danach war sie frei, wie Brad es formuliert hatte. Und wenn die äußeren Barrieren aus dem Weg geschafft waren, wollte Decklan die Sache in Ordnung bringen.

»Und dann holst du dir deine Kleine zurück?«, fragte Max.

»Das ist der Plan.«

»Möchte sie sich denn zurückholen lassen?«, fragte er lachend.

Decklan stöhnte. »Das ist die große Frage. Ich habe es vermasselt.«

Max stützte sich mit einem Arm auf den Tresen und studierte Decklan mit allzu wissendem Blick. »Tja, Kumpel, das ist dein Problem: die alte Angst, verlassen zu werden.«

Decklan verdrehte die Augen. »Warum bist du nicht Psychiater geworden? Dann könntest du den ganzen Tag die Probleme anderer analysieren, hättest die Nase voll davon und würdest mich in Ruhe lassen.«

Max grinste. »Weil mir mein Vater das Geschäft überlassen hat, deswegen. Also, zurück zu dir.«

»Okay, Freud. Ich hatte Besuch von ihrem besten Freund. Dem Sohn des Senators. Ich habe ihm gesagt, was ich von ihm halte, aber er hat mir kurz und bündig vor Augen geführt, dass ich mich Amanda gegenüber kaum besser verhalten habe.«

Max winkte dem Barmann, dann wandte er sich wieder Decklan zu. »Erzähl.«

»Statt ihre Erklärung und ihre Entschuldigung anzunehmen, habe ich sie bloßgestellt, mich dann über mich selbst geärgert und sie weggeschickt.« Die Erinnerung an diesen Abend war noch immer frisch und so schmerzhaft wie damals.

Max schüttelte den Kopf und stieß einen leisen Pfiff aus. »Weil du sie lieber von dir stößt, als sie auf andere Weise zu verlieren. Wie ich schon sagte: deine alte Angst, verlassen zu werden.«

»Ach, hör doch auf.«

Max zuckte die Schultern. »Wenn es nun mal so ist …«

Leider hatte er recht. Unter diesem Aspekt hatte Decklan es nur noch nicht betrachtet. Manchmal war Dr. Freud gar nicht so dumm, obwohl Decklan das niemals zugeben würde, um sein übersteigertes Selbstbewusstsein nicht noch weiter zu stärken.

Aber leider war es wahr: Er hatte eine Frau heruntergeputzt, die ohnehin davon überzeugt war, dass niemand mit ihr zufrieden sein konnte.

»Ach du Scheiße, schau mal.« Max deutete auf den Fernseher.

Decklan las den Nachrichtenticker und spürte, wie sein Herz ins Stocken geriet. *Schüsse auf Präsidentschaftskandidat Senator Stephan Ritter und dessen Familie in der Innenstadt.*

»Hey, können Sie den Ton bitte anstellen«, rief Max dem Barmann zu.

Der Barmann tat wie geheißen, und Fetzen der Meldung drangen zu Decklan.

... Augenzeugen berichten von Schüssen auf den Senator oder einen engen Familienangehörigen ... Restaurantbesuch ... momentan noch wenige gesicherte Erkenntnisse ... in das Mount Sinai Hospital gebracht ...

Vor Decklans Auge tanzten Punkte, und in seinen Ohren hallte Gabes Stimme. Alte, längst begrabene Erinnerungen bahnten sich ihren Weg an die Oberfläche. *Mom und Dad hatten einen Unfall ... Sattelschlepper ... Auto hat sich überschlagen ... keine Überlebenden. Mom und Dad haben es nicht geschafft.*

Decklan wusste, dass er nicht wieder dieser kleine Junge war, aber Amanda war mit Brad bei einem Essen gewesen, und jetzt waren Schüsse gefallen, und jemand war ins Krankenhaus gekommen. Decklan ertrug es nicht ein zweites Mal. Noch einen solchen Verlust würde er nicht überstehen.

Auf einmal merkte er, dass er unsanft geschüttelt wurde. Die dunklen Wände des Clubs und sein bester Freund, der vor ihm stand, traten zurück in den Fokus. »Komm. Ich rufe ein Taxi. Wir fahren zum Krankenhaus«, sagte Max.

Aber Decklan saß wie versteinert auf seinem Hocker.

»Hey, Kumpel, alles in Ordnung?« Max war nun ernsthaft besorgt.

Als Decklan schwieg, reichte Max ihm sein Handy, das auf dem Tresen lag. »Ruf sie an. Vergewissere dich, dass ihr nichts passiert ist.«

Und wenn doch? Decklan wusste nicht, was er dann tun sollte. All die Zeit, in der er wütend und beleidigt gewesen war, in der sie ihre Probleme gemeinsam hätten bewältigen können. Wenn ihr jetzt etwas zugestoßen war, wenn sie jetzt ums Leben gekommen sein sollte … bei dem Gedanken zog sich in ihm alles zusammen.

»Decklan, wähl diese verdammte Nummer, oder ich schlage dich grün und blau. Los jetzt, komm wieder zu dir«, befahl Max.

Zu seinem Schreck prustete Decklan los. »Hast du mich gerade mit deiner Dom-Stimme angesprochen?«

»Gott sei Dank bist du wieder bei klarem Verstand.«

Decklan rief Amanda an, landete aber gleich auf ihrer Mailbox. Sein Herz gefror zu Eis, doch er gab sich nicht geschlagen. Er hatte bereits für eine kurze Zeit erfahren, wie sich ein Leben ohne Amanda anfühlte. Der Tod durfte sie beide einfach nicht voneinander getrennt haben. Auf der Fahrt zum Krankenhaus betete Decklan also, dass ihn das Schicksal nicht zum zweiten Mal verarschte und ihm jemanden entriss, den er liebte.

Das Taxi hielt vor dem Eingang zur Notaufnahme. Decklan stieg aus und überließ es Max zu zahlen. Die Medien hatten sich bereits vor dem Krankenhaus in Stellung gebracht, und in dem Durcheinander gelang es Decklan, durch den Haupteingang und in den Wartebereich zu gelangen.

Mit klopfendem Herzen ging er zum Empfangstresen und stützte beide Hände darauf. »Ich muss wissen, ob Amanda Collins das Opfer dieser Schießerei war.«

»Sind Sie ein Familienangehöriger?«, fragte die ältere Frau an der Rezeption. »Informationen über Patienten dürfen wir nur an Familienangehörige herausgeben.«

Decklan ballte frustriert die Hände zu Fäusten. »Sehen Sie …« Er griff nach seiner Dienstmarke. Er musste zu ihr, egal mit welchen Mitteln.

»Herzversagen!«, riefen einige Sanitäter, die

einen Mann auf einer Rolltrage hereinschoben und auf eine Schwingtür zueilten.

Die Frau hinter dem Tresen vergaß Decklan und sprang auf, um ihnen zur Hand zu gehen.

Max sah ihn an. »Was ist los?«

Decklan zuckte die Schultern. »Sie wollen mir nichts sagen.« Aber der Drache hinter dem Tresen war erst einmal weg. »Ich gehe jetzt rein.«

Damit ging er schnurstracks durch die Schwingtür, durch die vor Sekunden die Sanitäter gegangen waren. Augenblicklich war er von betriebsamem Chaos umgeben, zweifellos aufgrund des neu angekommenen Notfalls und der Tatsache, dass irgendwer aus der Familie Ritter angeschossen worden war.

Er sah sich um und entdeckte den Senator. Ihm selbst war also nichts passiert. Decklans Blick wanderte weiter zu seiner Frau. Ihre Kleidung war voller Blut. Sie weinte und wurde von ihrem Mann getröstet. Keine Spur von Brad. Oder Amanda.

Decklans Hände waren nass vor Schweiß, und wieder drohte ihn die Panik zu überkommen.

»Sie ist es nicht«, sagte Max und legte ihm seine schwere Hand auf die Schulter.

Er hatte gar nicht bemerkt, dass ihm sein Freund gefolgt war. »Woher weißt du das?«, fragte er, während sich Hoffnung in ihm regte.

Max zuckte die Schultern. »Ich habe eine Krankenschwester bezirzt. Es ist Brad, der Sohn des Senators. Er wurde angeschossen.«

Beinahe wären Decklan die Knie eingeknickt. Er war nicht erleichtert, dass es Brad erwischt hatte, er war nur so froh, dass es nicht Amanda war. »Wie schlimm ist es?«

»Weiß man noch nicht. Sie entfernen gerade die Kugel.«

Decklan sah sich um. »Aber wo ist Amanda?«

»In einer Kabine. Sie wurde hysterisch und musste ruhiggestellt werden. Offensichtlich war sie dabei, als es passierte. Hatte die Hände auf seiner verdammten Brust. Sie ist auf der Drei.« Er deutete auf einen Bereich, der mit einem blauen Vorhang abgetrennt war.

Decklan drückte sich an Max vorbei und lief darauf zu, vorbei an einer Schwester, die ihn mit ihrer Quengelstimme aufhalten wollte.

Er zog den Vorhang zur Seite und trat in die Kabine. Amanda lag reglos auf einem hochgestellten Krankenbett. Ihr schwarzweißes Kleid war blutverschmiert, überall waren schaurige scharlachrote Spritzer, auch auf ihren Armen. Er wusste, dass sie die sicher so schnell wie möglich loswerden wollte.

Er trat ans Bett. Sie rührte sich nicht.

»Sir, Sie müssen jetzt gehen.« Eine Schwester trat von hinten an ihn heran.

»Den Teufel muss ich. Sie braucht jemanden, wenn sie aufwacht. Oder würden Sie gern so zu sich kommen, allein in einem kalten Krankenhaus, besudelt vom Blut Ihres besten Freunds?«, fragte er.

Die Schwester öffnete den Mund.

»Da sehen Sie es«, sagte er und ließ ihr keine Gelegenheit zu widersprechen. »Ich rufe Sie, sobald sie aufwacht.« Er wandte sich ab und beendete die Diskussion, soweit sie ihn betraf.

»Ich bin gleich draußen«, erklärte sie.

Er wandte sich wieder der Frau zu, die so reglos auf dem Bett lag, und sprach ein stilles Dankgebet. Er hatte nicht mehr gebetet, seit er ein Kind gewesen war, aber er tat es nun, denn er wusste, welches Glück er hatte. Und dass er sich von seiner Angst und vielleicht auch seinem Ego hatte leiten lassen. Wenn er sie verloren hätte, bevor er ihr seine Liebe gestanden hatte, hätte er sich das niemals verzeihen können.

Er wollte nicht mehr in Angst leben. Und er wollte nicht mehr ohne Amanda leben. Also zog er einen Stuhl ans Bett, nahm ihre Hand und stellte sich darauf ein zu warten, bis sie aufwachte.

Als Amanda zur Besinnung kam, war ihre erste Wahrnehmung ein helles Licht über ihr. Sie blinzelte, und augenblicklich stürzten Erinnerungen auf sie ein. Die heiße Sommerluft, der Gehweg vor dem Restaurant, der gellende Schuss und Brads Blut. So viel Blut.

Sie versuchte sich aufzusetzen, um sich auf die Suche nach ihm zu machen, doch ihr wurde schwindlig, und sie sank zurück auf das harte Bett.

»Langsam.« Eine schwere Hand legte sich auf ihre Schulter.

»Decklan?« Überrascht wandte sie sich nach ihm um und fragte sich, ob sie halluzinierte.

»Ich muss der Schwester sagen, dass du wach bist.« Er drückte ihre Hand und wollte aufstehen.

»Warte. Wie geht es Brad? Ist er …?« Sie bekam das letzte Bild von ihm nicht aus dem Kopf und unterdrückte ein Schluchzen.

»Er wird durchkommen«, sagte Decklan in beruhigender Stimme. »Und du darfst dich nicht aufregen, sonst gibt dir die Schwester noch einmal ein Beruhigungsmittel.«

Sie schluckte. Ihr Mund und ihre Kehle waren ausgetrocknet. »Ich bin ausgeflippt. Der Krankenwagen ist mit Brad davongefahren. Seine Mom war bei ihm. Der Senator hat mich mit ins Krankenhaus genommen. Wir sind zeitgleich mit der Polizei dort angekommen. Sie wollten Antworten. Ich habe meine Hände angesehen, und da war überall Blut. Niemand wollte mir sagen, wie es Brad ging, und ich wurde hysterisch.« Sie senkte beschämt den Kopf.

»Eine Form von posttraumatischem Stress.« Eine Schwester war erschienen. Sie war Mitte fünfzig und hatte ihr schwarzes Haar nach hinten gebundenen. »Ich habe Stimmen gehört. Sie sind wach, das ist gut. Ihr Bekannter hat recht. Regen Sie sich nicht auf. Sie wollen sicher nicht noch einmal betäubt werden.«

»In Ordnung.«

Decklan blieb in der Nähe, während die Schwester Amandas Blutdruck und ihre Temperatur maß. »Alles normal.« Sie lächelte. »Ich bringe Ihnen etwas zu trinken, dann können Sie sicher bald gehen. Aber die Polizei wartet schon darauf, mit Ihnen zu sprechen.« Damit eilte sie geschäftig weiter.

»Weiß man schon, wer ... auf Brad geschossen hat?« Amanda brachte die Frage kaum heraus.

Decklan sah sie an und schüttelte den Kopf. »Ehrlich gesagt musste ich mich reinschleichen, um dich zu sehen. Ich wollte nicht riskieren, dass sie mich rauswerfen, weil ich mich auf den Gängen herumdrücke.«

»Nur gut, dass ich nicht so ein Schisser bin wie er«, sagte Max, der den Vorhang zurückzog und hereinkam. »Ich habe mich nützlich gemacht und den Leuten Snacks und Getränke aus der Cafeteria gebracht – deshalb hat niemand gefragt, wer ich bin, oder mich rausgeworfen. Dabei habe ich unauffällig bei Familie Ritter gelauscht.«

Amanda schüttelte lachend den Kopf. Als sie zu Decklan schielte, sah sie, dass sich auch seine Lippen zu einem unmerklichen Grinsen verzogen. Auch er fand seinen Freund amüsant.

So gern sie gewusst hätte, warum Decklan hier war und wie er zu ihr stand, noch drängender wollte sie von dem Schuss erfahren. »Was hast du herausgefunden?«, fragte sie Max.

Er stützte sich mit einer Hand auf das Bettgeländer am Fußende. »Viel ist es nicht, aber wie es aussieht, haben sie einen Mann in Gewahrsam genommen. Außerdem haben sie den Wahlkampfmanager mitgenommen, um ihn zu befragen. Niemand sagt, warum.«

Amanda schauderte. »Er war mir schon immer unheimlich.«

Decklan streichelte ihre Hand mit dem Finger, und sie fragte sich, ob er sich dessen bewusst war, oder darüber, wie sehr es sie beruhigte. Es machte sie verrückt, dass sie nicht wusste, was ihn zu ihr geführt hatte – und ob er bleiben wollte.

»Wir erfahren mehr, wenn sich die Polizei an die Presse wendet oder eine Meldung rausgibt«, versicherte ihr Decklan.

Max nickte. »In Ordnung. Nachdem hier so weit alles okay ist, lass ich euch beide allein. Nutzt eure Zeit, die Polizei kann jede Minute kommen, um dich zu befragen.« Er warf Decklan einen vielsagenden Blick zu, dann beugte er sich zu Amanda hinunter und küsste sie auf die Wange. »Lass dich von ihm umsorgen.«

Damit richtete er sich auf und ließ Decklan und Amanda allein.

19

Decklan bekam keine Chance, mit Amanda zu reden. Sobald Max weg war, kamen Polizeibeamte und nahmen Amandas Aussage auf. Decklan war klar, dass sie ihren Bericht brauchten und er nicht mit ihr allein sein würde, bevor sie mit der Polizei geredet hatte, also wartete er geduldig. Man bat ihn zwar rauszugehen, doch Amanda bestand darauf, dass er blieb – nicht dass er die Absicht hatte zu gehen. Nie mehr.

Stockend beantworte sie Frage um Frage und wurde immer blasser dabei, bis sie aussah, als würde sie gleich in Ohnmacht fallen. Decklan biss die Zähne zusammen und bekam selbst fast einen Herzinfarkt, als er hörte, wie nah sie der Kugel gewesen war, die Brad getroffen hatte. Und er konnte nichts tun, außer ihr die Hand auf die Schulter zu legen und zuzuhören. Noch nie war er sich so nutzlos vorgekommen.

Schließlich war der Beamte zufrieden. Er erklärte, er würde sich melden, sollten sich weitere Fragen ergeben. Amanda war vollkommen ausgelaugt. Decklan wollte sie auf keinen Fall mit einem weiteren anstrengenden Gespräch, was sie beide anging, belasten.

Es folgte eine weitere Untersuchung durch eine Schwester, dann ein Arztgespräch, schließlich eine Belehrung durch eine Sozialarbeiterin über posttraumatischen Stress und worauf sie sich einstellen musste, wenn sie das Krankenhaus verließ. Decklan bezweifelte, dass Amanda irgendetwas davon aufnehmen konnte, dafür hörte er aufmerksam zu. Er wollte ihr zeigen, dass sie nicht allein mit dieser Situation zurechtkommen musste. Was sie betraf, betraf auch ihn, das sollte sie spüren.

Nachdem sie der Arzt entlassen hatte, bestand Amanda darauf, nach Brads Familie zu sehen. Sie begegneten ihr mit Freundlichkeit und Wärme und sorgten sich um ihr Wohlbefinden. Außerdem versicherten sie ihr, dass Brad auf dem Weg der Besserung war und wieder gesund würde.

Als Amanda wankte, reichte es Decklan. »Wir bringen dich nach Hause. Du musst dich ausruhen.«

Doch Amanda schüttelte störrisch den Kopf. »Ich möchte warten, bis Brad in seinem Zimmer ist und Besuch empfangen kann. Ich muss mich selbst von seinem Zustand überzeugen.« Sie sah mit diesen großen braunen Augen zu ihm auf, denen er normalerweise nichts abschlagen konnte.

Aber diesmal ließ er sich nicht erweichen. Wenn

sie nicht auf sich aufpassen wollte, musste er das eben übernehmen. »Du kannst morgen wiederkommen, wenn Brad wacher ist und du etwas geschlafen hast. Du fällst ja fast schon um.«

»Aber …«

Er nahm sie beim Arm und führte sie von Brads Familie fort. »Möchtest du wirklich, dass Brad dich so sieht? Beschmiert mit seinem Blut?«, fragte er, und sein Ton war sanft, aber unerbittlich.

Sie öffnete den Mund, doch dann schloss sie ihn wieder. »Okay. Du hast gewonnen.«

»Das hier war kein Wettkampf.«

Er hätte sie aufgehoben und aus dem Krankenhaus getragen, aber er fürchtete, sie könnte ihm eine Szene machen. Außerdem hätte es vor allem *ihn* beruhigt, sie in den Armen zu halten. Sie war noch immer beleidigt und wütend auf ihn, und er konnte es ihr nicht verdenken.

Wenigstens nahm sie seine Hilfe an. Im Moment musste er sich mit dem begnügen, was er bekommen konnte.

Seine Hand lag auf ihrem Rücken, als sie in die heiße Sommerluft traten.

Nach zwei Schritten blieb sie stehen und wandte sich ihm zu. »Von hier aus kann ich ein Taxi zu meiner Wohnung nehmen.« Bevor er sich fragen konnte, von welcher Wohnung sie sprach, erklärte sie: »Brad hat sie für mich angemietet, für unsere New-York-Besuche.«

Das war ihm neu. Offensichtlich gab es noch mehr in ihrem Leben, wovon er nichts wusste.

»Du kommst mit mir«, sagte er bestimmt.

»Warum?« Sie straffte die Schultern und blickte ihm fest in die Augen. »Warum bist du hier, und warum möchtest du, dass ich zu dir komme?«

Er stöhnte. »Hör zu, es ist höllisch heiß, und du musst dringend in einen klimatisierten Raum. Also komm einfach mit zu mir, und wir reden dort.« Er verstand ihr Schweigen als Zustimmung und winkte dem nächsten leeren Taxi.

Er konnte sich nicht entspannen, bis sie das Taxi vor seiner Wohnung in Great Neck absetzte. Allein schon, dass er sie bei sich hatte und sie mit in seine Wohnung kam, gab ihm Hoffnung. Vielleicht konnten sie ihre Krise hinter sich lassen.

»Ich weiß, dass du reden möchtest, und das möchte ich auch. Aber können wir dich erst einmal waschen?«, fragte er.

Amanda nickte. Plötzlich hatte sie Tränen in den Augen, die sie mit einer Hand wegwischte. »Ich weiß nicht, was mit mir los ist. Ich bin sonst nie so emotional.«

»Das ist der sinkende Adrenalinpegel. Du hattest heute einen drastischen Schock. Was du erlebt hast, müssen nicht viele Leute durchmachen. Weißt du noch, was sie im Krankenhaus gesagt haben? Jeder reagiert anders, aber stell dich darauf ein, dass deine Gefühle verrücktspielen.«

Sie nickte. »Ich glaube, ich würde gerne duschen.«

Er folgte ihr ins Wohnzimmer. Während sie im Bad verschwand und er hörte, wie das Wasser aufgedreht wurde, zog er ein T-Shirt und eine alte Jogginghose mit Kordelzug aus dem Schrank.

Sie hatte die Badezimmertür offen gelassen, also ging er hinein und legte ihr die Kleidung auf den Waschtisch.

Doch dann sah er, dass sie verloren dastand und auf ihr blutiges Kleid blickte, während Tränen aus ihren Augen fielen und ihre Arme nutzlos herunterhingen.

»Komm, lass dir helfen.«

Sie drehte sich zu ihm um, und alles, was er für sie empfand, spülte in einer nicht endenden Welle über ihn hinweg. Das Herz schlug ihm bis zum Hals, während er ihre Tränen mit einem Handtuch abtupfte und ihr aus der Kleidung half. Sie bewegte sich langsam, und er drängte sie nicht. Er ließ auch den Blick nicht über ihren Körper streifen, als sie die Unterwäsche auszog. Sie war so zerbrechlich in diesem Moment. Er wünschte sich nichts sehnlicher, als sie in die Arme zu schließen, doch er spürte, dass sie dafür noch nicht bereit war.

Stattdessen wandte er sich ab, als sie unter die Dusche stieg, und stopfte ihr Kleid in den Müll, da sie bestimmt nicht an heute erinnert werden wollte.

»Ich warte draußen«, sagte er über das Rauschen

des Wassers hinweg und wollte schon gehen, um sie in Ruhe zu lassen.

Doch als ihre Antwort ein herzzerreißendes Schluchzen war, drehte er sich wieder um und sah, dass sie mit zitternden Schultern an der Wand der Dusche lehnte.

»Ach, verdammt«, fluchte er, zog sich kurz entschlossen aus und stieg zu ihr in die Kabine.

Amanda wusste nicht warum, aber sobald sie unter die Dusche gestiegen war und sah, wie das erste Blut von ihren Armen in den Abfluss lief, brach sie in Tränen aus.

Doch Decklan war da und hielt sie fest. Sie klammerte sich an ihn, und sein kräftiger Körper war wie ein Anker, als sie komplett zusammenbrach.

Erst nach und nach kam sie wieder zu sich. Decklan streichelte sie mit seinen großen Händen und tröstete sie mit seiner tiefen Stimme, während sie warmes Wasser umspülte und sie sich an ihn drückte.

Dann löste sie sich von ihm. »Tut mir leid.«

»Nicht doch.« Er sah sie an, mit durchdringenden dunklen Augen, die bis auf den Grund ihrer Seele blickten. »Geht es wieder?«

Sie nickte. »Jetzt schon.«

Das Einseifen übernahm sie selbst, nachdem die Hysterie überwunden war und sie sich wieder etwas eigenständiger fühlte. Als alle Spuren des schrecklichen Ereignisses im Abfluss verschwunden waren, fühlte sie sich schon viel besser. Eilig wusch sie sich noch die Haare, mit ihrem Shampoo und dem Conditioner, die immer noch in seiner Dusche standen.

Interessant.

Genauso wie sein Erscheinen im Krankenhaus.

Sie drehte das Gesicht in den Wasserstrahl, um das Make-up abzuspülen, das sicher über ihr Gesicht floss.

Er sah sie an. Lächelte. Dann hob er die Hände an ihr Gesicht und fuhr mit den Daumen unter ihren Augen entlang.

Seine Berührung war so zärtlich. Vertraut. *Nötig.*

»Was tust du da, Decklan?« Es war eindeutig, wie sie diese Frage meinte.

Sie standen zusammen nackt unter der Dusche, zwei Leute, die länger nicht miteinander geredet hatten und deren letztes Gespräch unschön und verletzend gewesen war. Doch jetzt fühlte sie nichts von alledem. Sie fühlte nur, dass er sich um sie sorgte und … sie liebte. Sie schluckte. In ihrem Hals hatte sich ein Kloß gebildet, weil sie Letzteres so gerne für wahr gehalten hätte.

Er umrahmte ihr Gesicht mit seinen Händen. »Wir tun, was wir die ganze Zeit über tun hätten sollen. Zusammen sein. Aneinander glauben. Füreinander da sein, was auch passiert.«

»Aber ich habe dich hintergangen …«

»Und ich habe unmöglich reagiert, als ich es erfahren habe. Dafür gibt es keine Entschuldigung, außer …«

Sie legte ihm den Finger auf die Lippen. »Es ist mir egal, warum. Für mich zählt nur, dass du es dir wieder anders überlegt hast. Ich hätte dir so etwas Wichtiges nicht verschweigen dürfen.«

»Weißt du, ich kämpfe bis heute mit dem Verlust meiner Eltern. Wir sind uns so nahegekommen …«

»Da musstest du mich von dir stoßen, um der Erste zu sein?« Sie stellte sich auf die Zehenspitzen und drückte ihm einen Kuss auf die Lippen. »Können wir uns darauf einigen zu vergeben und vergessen?«

»Können wir.« Er grinste. »Aber sollten wir nicht endlich aus dieser Dusche steigen? Ich bin schon ganz schrumpelig.«

Amanda lachte und nickte. Kaum war sie draußen und hatte sich abgetrocknet, da hob Decklan sie auf und trug sie zum Bett.

»Ich bin noch nicht mit dir fertig«, sagte er in diesem tiefen Befehlston, den sie so liebte.

»Nein?«

Er schob sich über sie und bedeckte sie mit seinem nackten Körper. Seufzend sog sie seine Kraft in sich auf und die Hitze, die von ihm ausstrahlte. »Nein.«

Sie hob die Arme, um sich am Kopfende festzuhalten, und hoffte, dass er sie wieder zu ekstatischen Höhenflügen entführen würde, als er sie überraschte.

Er nahm ihre Hände. »Fass mich an.«

Ihre Lippen verzogen sich zu einem Lächeln. Auf diesen Moment hatte sie seit ihrer ersten gemeinsamen Nacht gewartet. »Wirklich?«

»Wirklich. Frag mich, warum.«

»Warum darf ich dich jetzt anfassen?«, fragte sie und fuhr endlich mit den Fingern über seinen durchtrainierten Oberkörper. Es war wundervoll, ihn zu berühren, sie genoss jede Liebkosung. Endlich konnte sie ihm ihre Zuneigung zeigen. Sie wusste schon jetzt, dass sie nie genug davon bekommen würde.

Er stützte sich rechts und links neben ihren Schultern auf und begann, sich sanft zu wiegen. Als seine lange harte Erektion über ihr Geschlecht glitt, stöhnte sie und bog sich ihm entgegen. In ihrem Inneren zog sich alles zusammen, ihr ganzer Körper verzehrte sich nach ihm.

»Weil ich dich liebe, Amanda. Du kannst mich berühren, so viel du willst und wann du willst, weil ich dich liebe.«

Sie schlug die Augen auf und blickte in sein Gesicht. Seine Augen waren voller Empfindungen. Für sie.

Ihr wurde warm ums Herz. »Ich liebe dich auch.«

Als Antwort hob er die Hüfte und glitt in sie hinein. Sie seufzte genussvoll. Es war erstaunlich, wie erfüllt sie sich fühlte, nicht nur körperlich, sondern auch im Herzen. Sie hielt sich an seinen muskulösen Oberarmen fest, während er nicht hart zustieß, sondern langsam die Hüften wiegte und sie voller Zärtlichkeit liebte.

Sie wusste, dass es auch Zeiten geben würde, in denen er sie rauer anpacken würde, in denen er sie fesseln und unterwerfen musste – und das würde sie genauso brauchen wie er. Doch als er sie nun hinauf in die Höhe und sogar bis zum Gipfel führte, fühlte sie sich zum ersten Mal komplett und wusste, sie war endlich angekommen.

Amanda legte auf. Sie lächelte so breit, dass ihre Wangen schmerzten.

»Ich nehme an, das war Brad?«

Sie nickte. »Er ist jetzt auf seinem eigenen Zimmer und erholt sich. Keith umsorgt ihn, das gefällt ihm natürlich. Seine Eltern haben ihn zwar unter schrecklichen Umständen kennengelernt, aber diese lebensbedrohliche Situation hat ihnen wohl vor Augen geführt, was wirklich zählt. Sein Vater hat ihre Beziehung akzeptiert. Seine Eltern haben ihnen sogar alles Gute gewünscht.«

Decklan hob die Brauen. »Das ist bemerkenswert für sie.«

»Wunder geschehen.« Sie ließ sich in seine wartenden Arme fallen und legte den Kopf an seine Brust, wo sie das stetige Schlagen seines Herzens hörte.

»Hat er gesagt, ob die Polizei schon etwas weiß?«, fragte Decklan.

Sie löste sich von ihm, ging in die Küche und goss zwei Tassen von dem Kaffee ein, den sie aufgesetzt hatte. »Der Kerl, der auf Brad geschossen hat, wurde von Augenzeugen festgehalten.« Sie nahm Milch und Zucker für sich, für Decklan nur Milch, und reichte ihm die Tasse.

»Danke.«

Sie nickte. »In Haft hat der Schütze sofort alles gestanden. Er wurde vom Kampagnenmanager des Senators beauftragt.« Amanda erschauderte bei dem Gedanken. »Ich konnte ihn nie ausstehen. Er war mir schon immer unheimlich. Wir haben alle gesehen, wie wütend er war, als er von den Plänen des Senators erfuhr, an die Öffentlichkeit zu gehen, aber das?« Sie schüttelte den Kopf.

»Das ist krank«, knurrte Decklan.

»Ja. Er wollte Brad beiseiteschaffen, bevor seine Homosexualität herauskam und der Wahlkampagne des Senators schadete.«

»Aber hat er wirklich geglaubt, er würde damit durchkommen?«

»Er dachte, wenn es wie ein zufälliges Verbrechen aussieht, könnte er Sympathien für den Präsidentschaftskandidaten mit dem ermordeten Sohn gewinnen.« Sie trank einen Schluck von ihrem dringend benötigten Kaffee. »Der Senator ist der Meinung, nach dem zweiten Zusatzartikel der amerikanischen Verfassung hätte jeder Bürger das Recht, eine Waffe zu tragen, also spekulierte sein Manager darauf, dass er auf die Tränendrüse drücken würde und große Reden im Stil von *Wäre mein Sohn bewaffnet gewesen, wäre er auch heute noch hier* halten könnte.«

Decklan schüttelte den Kopf. »Hat er den Verstand verloren?«

»Ich bin mir nicht sicher, ob er je einen hatte«, sagte Amanda. »Im Grunde wollte er einfach nur Brad aus dem Weg schaffen. Und beinahe wäre es ihm gelungen.« Ihre Stimme zitterte, als sie daran dachte.

»Zum Glück nicht. Möchtest du dich fertig machen für den Krankenhausbesuch?«

Sie nickte. »Aber ich muss noch in meiner Wohnung vorbei und mir etwas Frisches zum Anziehen holen. Ich glaube, in High Heels und einer Jogginghose von dir würde ich zu viel Aufmerksamkeit erregen.«

»Du siehst immer heiß aus, egal was du trägst.«

Sie trat zurück und tätschelte seine Wange. »Alter Charmeur.«

Damit wollte sie ins Schlafzimmer gehen, doch er hielt sie am Arm fest.

»Ich möchte dich was fragen.«

Sie drehte sich um, glücklich wie noch nie. Sie hatte Decklan zurück, und jetzt gab es keine Geheimnisse mehr zwischen ihnen. »In meiner Stimmung sage ich wahrscheinlich zu allem ja.« Sie wackelte verführerisch mit den Brauen. »Los. Frag schon.«

»Würdest du nach New York ziehen? Ich weiß, du

müsstest deinen Traumjob aufgeben, aber mit Brads Empfehlung findest du hier sicher auch etwas Passendes. Und mal ehrlich, Gabe ist ziemlich einflussreich. Er könnte dir helfen.«

Das einzige Zeichen für seine Nervosität war der Muskel, der über seinem Auge zuckte. »Nur gut, dass ich auch schon darüber nachgedacht habe.«

»Im Ernst? Wann?«

»Als ich gestern Nacht in deinen Armen lag, wurde mir klar, dass ich nicht mehr ohne dich sein kann. Und nach diesem schrecklichen Erlebnis wird Brad sicher verstehen, dass auch ich bei dem Menschen sein will, den ich liebe.«

»Wow, das war leichter, als ich erwartet hatte.« Grinsend hob er sie auf, wirbelte sie herum und trug sie ins Schlafzimmer.

Sie quietschte und schlang die Arme um seinen Hals. »Was tust du da?«

»Ich trage dich zum Bett.« Ehe sie sichs versah, hatte er sie auf die Matratze gelegt, ausgezogen und ans Bettgestell gefesselt. Augenblicklich war sie heiß und erregt.

»Wie schön, dass sich manche Dinge niemals ändern.« Decklan lachte. »Ich mag es immer ein bisschen verrucht. Wie sieht es bei dir aus?«

»Geht mir genauso«, schnurrte sie leise und zerfloss schon förmlich für ihn. Nur nicht ihre Brustwarzen, die verhärteten sich. »Was ist mit dem Krankenhaus?«, fragte sie voll Verlangen.

»Das schaffen wir. Versprochen. Aber manche Anlässe muss man feiern.« Er zog sich das T-Shirt aus und entblößte diesen wundervollen gebräunten Oberkörper mit all den Muskeln, die sie in der letzten Nacht immer wieder nachgefahren hatte.

»Was feiern wir denn?«, fragte sie und schob ihm in einer plumpen Aufforderung das Becken entgegen.

Seine Pupillen weiteten sich. »Dass wir endgültig zusammenbleiben, Baby. Das feiern wir.«

Und damit war sie vollkommen einverstanden.

Werkverzeichnis der im Heyne Verlag von Carly Phillips erschienenen Titel

© Yolanda Perez Photography LLC,Yolanda Perez

Über die Autorin

Werkverzeichnis

> Bonusmaterial

HEYNE <

Die Autorin

Carly Phillips hat sich mit ihren romantischen und leidenschaftlichen Romanen in die Herzen ihrer Leserinnen geschrieben. Nach ihrem Abschluss an der Brandeis University praktizierte sie als Anwältin. Als sie nach der Geburt ihrer ersten Tochter ihre Leidenschaft für Liebesgeschichten entdeckte, begann sie selbst zu schreiben. In den 90er Jahren gab sie ihre Karriere als Juristin auf und blieb bei ihren Töchtern zu Hause.
1998 erschien ihr erstes Buch in Amerika. Sie hat bereits über zwanzig Romane veröffentlicht und ist inzwischen eine der bekanntesten amerikanischen Schriftstellerinnen. Mit zahlreichen Preisnominierungen und Auszeichnungen ist sie aus den Bestsellerlisten nicht mehr wegzudenken.
Carly Phillips lebt mit ihrem Mann und ihren zwei Töchtern in Purchase im Staat New York. Ihre Leidenschaft gilt, neben der Familie, ihren beiden Terriern Bailey und Buddy sowie dem Baseball. Im wahren Leben ist ihr Ehemann ihr Held.
Vorbilder für ihr literarisches Schreiben sind LaVyrle Spencer, Catherine Coulter und Susan Elizabeth Phillips. Carly Phillips' richtiger Name lautet Karen Drogin, unter dem sie ebenfalls veröffentlicht. Ohne zu schreiben, sagt sie selbst, würde sie verrückt werden. Die Atmosphäre, in der Carly Phillips ihre Bücher verfasst, ist allerdings nicht weniger verrückt: Sie schreibt im Chaos zwischen laufendem Fernseher, bellenden Hunden und ihren beiden Töchtern. Dies alles wirke sich jedoch positiv auf ihre Kreativität aus, so Carly.

Wenn Sie mehr über Carly Phillips erfahren wollen, besuchen Sie sie auf ihrer Homepage: www.carlyphillips.com

Werkverzeichnis

1. Die Chandler-Trilogie

Der letzte Kuss

(The Bachelor)

Wer von ihnen als Erster den Herzenswunsch ihrer Mutter nach Hochzeit und Enkelkindern erfüllen soll, entscheiden die drei Brüder Rick, Chase und Roman durch das Werfen einer Münze. Ausgerechnet Auslandskorrespondent Roman muss sich der Herausforderung stellen. Seine Traumfrau macht es ihm jedoch nicht leicht.

Der Tag der Träume

(The Playboy)

Die Frauen von Yorkshire Falls werfen sich Rick Chandler reihenweise an den Hals. Doch der attraktive Polizist will nach einer missglückten Ehe nie wieder heiraten. Als ihm eines Tages Kendall, eine waschechte »runaway bride«, über den Weg läuft, knistert es heftig auf beiden Seiten. Doch auch Kendall liebt ihre Freiheit über alles.

Für eine Nacht

(The Heartbreaker)

Nachdem Roman und Rick unter der Haube sind, ist nun Chase als letzter der drei Chandler-Brüder an der Reihe, endlich die Frau seiner Träume zu finden. Dies stellt sich als äußerst schwierig heraus, denn seine Auserwählte ist nach der ersten gemeinsamen Nacht spurlos verschwunden. Chase kennt nicht einmal ihren richtigen Namen.

2. Die Hot-Zone-Serie

Mach mich nicht an!

(Hot Stuff)

Annabelle, attraktive und erfolgreiche PR-Beraterin in der Hot-Zone-Agentur, verliebt sich konsequent immer wieder in die falschen Männer. Nach der letzten verheerenden Beziehung hat sie sich deshalb strikte Enthaltsamkeit geschworen. Als sie ihrem neuesten Klienten, dem Ex-Football-Star Brandon Vaughn, gegenübersteht, hält sie ihn zunächst für den typischen, oberflächlichen Sportler. Doch schon bald entdeckt Annabelle, dass sich unter Brandons harter Schale ein weicher Kern verbirgt, und ihr guter Vorsatz schmilzt wie ein Eiswürfel in der Sommersonne.

Her mit den Jungs!
(Hot Number)
Micki, Annabelles burschikose Schwester, ist bis über beide Ohren in den lebenslustigen und charmanten Baseball-Profi Damian verschossen. Doch der stadtbekannte Herzensbrecher scheint sie bisher noch nicht einmal wahrgenommen zu haben. Ihr Onkel Yank, der Gründer und Chef der Hot-Zone-Agentur, sorgt dafür, dass Damian und Micki gemeinsam auf einer romantischen Insel landen. Und wirklich: Die beiden verleben leidenschaftliche Tage voller Glück und Harmonie. Doch kaum wieder in New York, zieht Damian sich zurück. Micki ist verzweifelt: Wie konnte sie nur glauben, ihn dauerhaft an sich zu binden?

Komm schon!
(Hot Item)

Sophie, die kontrollsüchtige der drei Jordan-Schwestern, verliert genau das, was ihr am wichtigsten ist: den Überblick. Denn Spencer, der PR-Berater der Hot-Zone-Agentur, ist plötzlich untergetaucht. Damit ihre Klienten nicht verrücktspielen, muss Sophie ihn um jeden Preis in die Agentur zurückbringen. Als der sexy Football-Spieler Riley Nash sich in Sophies Leben drängt, gibt es noch mehr Unordnung: Auf der gemeinsamen Suche nach dem Vermissten findet Sophie nicht nur heraus, dass Riley ein Geheimnis hat, sondern auch, dass sie seinem erotischen Charme nicht widerstehen kann.

Geht's noch?

(Hot Property)

Die quirlige Eventmanagerin Amy Stone ist frisch nach New York gezogen, um für die Hot-Zone-Agentur zu arbeiten. Dank der Vermittlung ihrer Freundin – und Geschäftspartnerin – Micki zieht Amy schon bald einen lukrativen Auftrag an Land: Sie soll John Roper, einem bisher sehr erfolgreichen Baseball-Profi, aus seiner Lebenskrise helfen. Er hat nicht nur berufliche und gesundheitliche Probleme, sondern auch familiären Dauerstress. Amy stürzt sich voller Tatendrang in diesen Auftrag – und versucht ihre eigenen Gefühle zu ignorieren.

3. Die Corwin-Trilogie

Trau dich endlich!

(Lucky Charm)

Schon als junges Mädchen weiß Gabrielle, dass sie ihren Mr. Right, den attraktiven Derek Corwin, bereits gefunden hat. Doch dann lässt der sie sitzen und heiratet eine andere. Die Begründung: Ein Fluch lastet auf seiner Familie, der es ihm unmöglich macht, mit seiner wahren Liebe glücklich zu werden. Gabrielle bleibt nichts anderes übrig, als sich damit abzufinden. Als sie ihren Ex – inzwischen geschieden und sexy wie nie – nach Jahren wieder trifft, lässt sie sich erneut auf eine heiße Affäre mit ihm ein.

Spiel mit mir!

(Lucky Streak)

Las Vegas macht's möglich: In einer heißen Nacht heiratet der sexy Cop Mike Corwin nicht nur die umwerfende Trickbetrügerin Amber, sondern gewinnt darüber hinaus 150 000 Dollar. Als er am nächsten Morgen aufwacht, ist Amber verschwunden – und das Geld auch. Hat sie ihn reingelegt? Oder entfaltet der Fluch, der auf den Corwin-Männern lastet, tatsächlich seine Wirkung? Prompt sieht Mike seine schlimmsten Befürchtungen bestätigt. Für ihn ist der Fall klar: Er will die Scheidung. Doch Amber glaubt an ihre Liebe zu Mike und lässt sich von nichts aufhalten.

Mach doch!

(Lucky Break)

Der Corwin-Fluch besagt, dass kein männliches Familienmitglied jemals mit seiner großen Liebe glücklich werden kann. Derek und Mike Corwin sind zwar inzwischen mit ihren Traumfrauen verheiratet, doch nun scheint das Übel auf ihrem Cousin zu lasten: Der smarte Jason fühlt sich unwiderstehlich zu der verführerischen Lauren Perkins hingezogen. Doch es war ausgerechnet Laurens Urahnin, die einst den Fluch über die Corwin-Familie brachte. Ist ihre Liebe stark genug, den unheilvollen Bann endgültig zu brechen?

Küss mich doch!

(Kiss me if you can)

Coop gilt als der begehrteste Single in ganz New York, seit er einen Juwelenraub verhindert hat. Plötzlich kann er sich vor Verehrerinnen nicht mehr retten, doch wirklich fasziniert ist er nur von der unkonventionellen Lexie. Die hat allerdings nur eines im Sinn: an den antiken Ring zu kommen, den er vom Juwelier als Belohnung erhalten hat. Denn er birgt ein dunkles Familiengeheimnis. Kann Coop ihr vertrauen?

Verlieb dich!

(Love me if you dare)

Der Polizist Rafe rettet seiner Kollegin Sara das Leben – ein gefundenes Fressen für die Medien, die die Geschichte aufbauschen und ihn zum begehrtesten Junggesellen New Yorks machen. Er flieht vor der Klatschpresse, nachdem er zugegeben hat, dass die attraktive Sara weit mehr als eine Kollegin für ihn ist. Die macht sich auf die Suche nach Rafe und verliebt sich in ihn und seine ungestüme, aber liebenswerte Großfamilie. Wenn nur alles so einfach wäre …

Ich will doch nur küssen

(Serendipity)

Von Männern hat Faith genug! Frisch geschieden kehrt sie in ihre Heimatstadt zurück. Dort begegnet sie ausgerechnet dem Mann, den sie seit zehn Jahren nicht vergessen kann: Ethan. Er stellt ihre Gefühlswelt gehörig auf den Kopf und lässt sie wieder auf die große Liebe hoffen. Doch Ethan hat ein dunkles Geheimnis, und als seine Halbschwester auftaucht, geht das Chaos erst richtig los.

Ich will nur dein Glück

(Serendipity 2)

Als Nash Barron die attraktive Kelly auf der Hochzeit seines Bruders kennenlernt, funkt es gewaltig zwischen ihnen. Nash ist fasziniert von Kellys Schönheit und Warmherzigkeit, doch für ihn steht fest, dass sie ihrer Leidenschaft nicht nachgeben dürfen. Dadurch würde er das Vertrauensverhältnis zu seiner Halbschwester Tess gefährden, die die Barron-Familie erst kürzlich aufgenommen hat. Sie braucht nun seine ganze Unterstützung. Doch Tess ist nicht das einzige Hindernis zwischen den beiden. Auch Kelly hat ihre Gründe, auf Distanz zu gehen: Sie verheimlicht Nash etwas, das er ihr nie verzeihen würde ...

Ich will ja nur dich!
(Serendipity 3)

Mehr als ein paar knappe Worte hat der Polizist Dare Barron noch nie mit der unnahbaren Liza McKnight gewechselt. Dabei begehrt er sie seit seiner frühen Jugend. Als Liza jedoch in Schwierigkeiten gerät, beschließt Dare kurzerhand, für ihren Schutz zu sorgen – und die beiden kommen sich plötzlich näher, als sie es je für möglich gehalten hätten. Doch Dare ahnt: Wenn er Liza nicht verlieren will, muss er ihr sein dunkelstes Geheimnis anvertrauen und sich seiner eigenen Vergangenheit stellen …

6. Die Marsden-Serie

Küss mich später

Als sein Vater an Krebs erkrankt, kehrt Mike zurück nach Serendipity und vertritt ihn als Polizeipräsident der kleinen Stadt. Bisher hat Mike als verdeckter Ermittler in Manhattan ein rastloses Leben ohne feste Bindungen geführt. Auch die Begegnung mit seiner neuen Kollegin Cara bildet zunächst keine Ausnahme, und die beiden beginnen eine leidenschaftliche Affäre ohne große Erwartungen. Doch allmählich erkennen sie, dass sie sich perfekt ergänzen und tiefere Gefühle füreinander entwickeln …

Liebe auf den ersten Kuss

Als Erin Marsden, Tochter des ehemaligen Polizeichefs von Serendipity, feststellt, dass sie schwanger ist, steht ihre heile Welt Kopf. Denn Vater ihres ungeborenen Babys ist der mysteriöse Ex-Cop Cole Sanders, den ein dunkles Geheimnis umgibt. Aber während Erin tiefere Gefühle entwickelt, geht Cole auf Distanz. Erst, als Erin von einer Unbekannten wiederholt attackiert wird und Schutz braucht, erkennt Cole in ihr die Frau, die ihn glücklich machen kann - und stellt sich seiner Vergangenheit ...

Ein Kuss zuviel

Nachdem er ausgerechnet am Tag seiner Hochzeit sitzengelassen wurde, hat Sam Marsden aus Serendipity eigentlich der Liebe abgeschworen. Doch schon bald lernt er die geheimnisvolle Nicole kennen und erlebt mit ihr ein Wechselbad der Gefühle. Mal ist sie voller Leidenschaft, dann wieder abweisend und verschlossen. Erst als Nicole in Gefahr gerät, offenbart sie sich Sam. Doch sucht sie nur seinen Schutz oder will sie ihn als Mann fürs Leben?

7. Die Dare-Serie

Wer nicht wagt, der liebt nicht.

Riley Taylor behält gerne die Kontrolle über alles und würde ihre Unabhängigkeit niemals aufgeben wollen – bis sie auf einer Party dem charismatischen Ian Dare begegnet, der sie auf der Stelle umhaut. Ian hat seine eigenen Dämonen und seit er herausgefunden hat, dass sein Vater jahrzehntelang ein Doppelleben geführt, und eine zweite Familie mit einer anderen Frau hatte, hat er sich geschworen, sein Herz für niemanden mehr zu öffnen. Doch die sinnliche Riley erweckt seine dominante und beschützerische Seite, er möchte diese Frau unbedingt haben, allerdings kämpft Riley mit ihrer Vergangenheit – diese und die Gefühle, die Ian in ihr schürt könnten sie alles kosten ...

Einmal berührt ist fast gar nicht verführt

Quarterback Alex Dare hat alles: nicht nur, dass die Frauen im reihenweise zu Füßen liegen, er ist auch noch ein gefeierter Footballstar bei den Tampa Breakers – bis ihn eine Verletzung in den Vorruhestand zwingt. Als ihm ein Job bei der konkurrierenden Mannschaft angeboten wird, ist er geschmeichelt, aber die Sache hat einen Haken – er müsste mit Madison Evans zusammenarbeiten, der Frau, die ihm seit vielen Jahren nicht mehr aus dem Kopf gegangen ist ...

Gelegenheit macht Sehnsucht

Nachdem sie die Beziehung zu einem herrschsüchtigen Fremdgänger beendet und sich in ihrem geleasten Mercedes davongemacht hat, wird Isabelle Masters kurzerhand wegen schweren Diebstahls verhaftet und auf die Wache geschleift. Zu ihrer Überraschung rettet sie genau der, mit dem sie am wenigsten gerechnet hätte – Gabriel Dare, von dem sie sich schon viel zu lange angezogen fühlt. Gabe ermöglicht Isabelle die Freiheit und lädt sie in das exklusive Inselresort Eden ein, einen Ort der unbegrenzten Möglichkeiten ...

Keine Verpflichtungen, nur Liebe

Decklan Dare weiß wie es ist, mit einem Schlag einen geliebten Menschen zu verlieren. Deswegen ist es ihm wichtig, in allen Lebensbereichen die Kontrolle zu behalten. Amanda Collins genießt die Freiheit, die ihr zwanglose Treffen bieten. Decklan fasst zuerst Vertrauen, doch kann er Amanda vergeben, als er hinter ihr Geheimnis kommt? Oder wird er wieder Mauern um sich errichten, bevor sie ihm alles erklären kann?

Küss mich, Kleiner!

(Under the Boardwalk)

Ariana Costas nutzte vor fünf Jahren die erste Gelegenheit, um ihrer schrulligen griechischen Familie zu entfliehen. Doch nun verlässt die junge Psychologieprofessorin ihr geregeltes Leben in Vermont, denn ihre Zwillingsschwester Zoe ist verschwunden. Dass allerdings gleich am ersten Tag auf sie geschossen wird, hätte Ariana nicht erwartet. Genauso wenig wie die Rettung durch den gut aussehenden Detective Quinn Donovan. Nun steckt Ari wirklich in der Klemme. Genauso wie Quinn: Denn wie soll er dieser sinnlichen Frau widerstehen und gleichzeitig seine gefährliche Mission erfüllen, die sie beide das Leben kosten könnte?

Auf ein Neues!

(Perfect Partners)

Nach dem tragischen Unfalltod ihrer Schwester kämpft die erfolgreiche Anwältin Chelsie Russel um das Sorgerecht für ihre geliebte Nichte Alix. Doch Griffin Stuart, Alix' Onkel und ebenfalls Anwalt, gewinnt den Fall und beschließt, von nun an ganz für die Kleine da zu sein. Chelsie wiederum will sich nicht einfach aus dem Leben ihrer Nichte drängen lassen. Schon bald merken die beiden, dass sie ihren Zwist begraben und gemeinsam für das Mädchen da sein müssen. Während sie versuchen, dem Kind eine

Ersatzfamilie zu bieten und mit ihrer Trauer fertig zu werden, kommen sie sich näher ...

Noch ein Kuss
(The Right Choice)

Die Kolumnistin Carly Wexler ist überzeugt: Liebe und Leidenschaft bringen nichts als Enttäuschung, und so führt sie eine eher leidenschaftslose Beziehung mit dem ehrgeizigen Peter. Die Vernunftheirat der beiden steht kurz bevor, als sie Peters attraktiven Bruder Mike kennenlernt. Er ist das genaue Gegenteil von Peter: rau, männlich, selbstbewusst, und Carly fühlt sich stark zu ihm hingezogen. Die Begegnungen mit ihm verwirren sie und bringen ihre Prinzipien ins Wanken. Will sie weiter auf Nummer sicher gehen oder die Liebe – mit all ihren Risiken – in ihr Leben lassen?